Oguri

FRANCO BARBOSA

Rio de Janeiro, 2018

O guri
Barbosa, Franco

ISBN: 978-85-518-XXXX-X
1ª edição, agosto de 2018.

CAPA E EDITORAÇÃO ELETRÔNICA: Talita Almeida

Idade da Razão

Divagando na Baixada Fluminense, mais precisamente em Duque de Caxias, dava para ver do ônibus coletivo crianças disputando restos de comida, vinda de hospitais, hotéis e restaurantes da Grande Rio com os urubus. A sensibilidade fluía facilmente e o sentimento humano ainda teria que suportar muitas coisas isotópicas, mesmo naquela idade que convencionalmente chamamos de idade da razão.

Jacinto perdera os pais com 7 anos de idade. O tio ficara por alguns dias com o garoto, mas todos os dias reclamava e lamentava com seus filhos:

– Eu não vou sustentar todos vocês... Imaginem agora com mais uma boca.

– É sobrinho, você não pode abandonar – enfatizara sua mulher.

– Eu vou é deixar esse fela da puta lá no Centro do Rio de Janeiro pra ele tomar seu rumo.

O pequeno ouvia tudo aquilo e se entristecia, mas não chorava. Com o passar dos dias, as ameaças do tio tornaram-se realidade e ele acabou expulsando o garoto de casa. Ele desceu o morro sem rumo e sem perfeita consciência do que teria que enfrentar. O menino saiu pelas ruas e avenidas do Rio de Janeiro. Quando sentia sede pedia água nas lanchonetes, entretanto a alimentação se tornara difícil e a noite se aproximava.

– Tia, me dê comida – implorava o pequeno.

– Não, meu acarajé só sai com dinheiro.

– Mas tia, eu perdi meus pais e meu tio me expulsou de casa. Vou dormir na rua.

– Eu não tenho nada a ver com isso, menino!

As horas começavam a ser amargas para Jacinto, as lágrimas corriam quentes e angustiantes e desesperavam o pequeno. Caiu a noite, o frio fez tremer as pernas e estremecer o corpo. O garoto choramingava com a desumanidade do ser humano que não conhecia. Procurou alguns jornais deixados pelos vendedores ambulantes e sentou-se. Os carros passavam rapidamente e ofuscavam os seus olhos, os transeuntes tropeçavam no pequeno que lacrimejava. O relógio da igreja batia meia-noite. Ofegante de lutar por um pedaço de pão, deitou sobre os jornais e o cansaço o fez dormir.

O garoto não herdara nada dos pais porque eram extremamente pobres e não tinham sequer um teto. Sua mãe era paraibana e seu pai um cearense. Vieram para o Rio de Janeiro na boleia de uma Mercedes de um amigo chamado Sarafim, da cidade de Aurora. Ficaram na casa de um parente por uma semana, mas a mesquinhez do tempo e do espaço obrigou-os a viver na rua mendigando o "pão que o diabo amassou".

Entretanto, o pai de Jacinto, que aprendeu artesanato em Juazeiro do Norte, era criativo e inventou um meio de vida. Procurou pelo lixo latas de óleo vazias e outros flandres para fazer carrinhos com tábua que muitos favelados daquele viaduto deixaram com o fim de suas humildes tocas. Paulatinamente Ferreira foi ganhando dinheiro e logo alugou um barraco na Rocinha, uma das grandes favelas do Rio de Janeiro, onde mais de 400 mil pessoas viviam em meio à violência, ao tráfico de drogas e enfrentamentos da polícia com o Comando Vermelho do local. Resultado de uma política que enriquece infinitamente uma minoria e empobrece desordenadamente uma maioria. Daí, nasceram os arrastões e os sequestros... É a fome gerando "irracionalismos".

Ali, Ferreira encontrou pessoas que na maioria da vezes vinham do Nordeste. A lembrança da miséria que viveu na Paraíba era inevitável. Os patrões pagavam um dia de serviço pelo preço de um quilo de arroz e meio quilo de feijão da pior espécie, que para uma família de sete pessoas dava apenas para um almoço. O tempero era a língua, como diz minha mãe, pois o "torcim" de porco o pobre não consegue mais comprar por ser quase o preço da carne bovina.

Carne mesmo só em dia de festa de casamento de um filho de compadre. Peixe de açude era proibido pelos patrões. Todos os açudes foram construídos nas terras dos patrões. Um presentão do Governo Federal para os fazendeiros que só tinham a ganhar com o suor dos nordestinos sem rumo. Sim! Porque foram os pobres que construíram esses açudes. A partir daí os patrões não os deixavam plantar, expulsavam de suas terras e o nordestino, no genérico, se tronou retirante para as grandes favelas do Rio de Janeiro e São Paulo.

O capim para a criação de gado tomou o lugar dos trabalhadores rurais e seus filhos. Se algum deles mais consciente reclamasse ou reivindicasse algum direito constitucional era considerado comunista e poderia sofrer uma surra ou mesmo perder os seus direitos, salvo em algumas regiões de Pernambuco onde o nível de consciência ainda assustava os usineiros, desde a estruturação dos sindicatos e ligas camponesas criadas no início dos anos 60, no Governo João Goulart, estimulados por Paulo Freire e sufocados no início da repressão militar de 1964 a 1984.

Naqueles dias, Ferreira estava alegre e feliz, pois ganhava o pão da sobrevivência. Mesmo no meio da violência encontrava um pouco de paz com sua esposa Maria e seu filho Jacinto.

origem do seu nível de conhecimento

Ferreira vivia seus dias de utopia sonhando com um futuro melhor para a sua família. As coisas estavam dando certo, mesmo com seus atropelos diversos, tendo em vista que o ganho semanal dava esperança ao nordestino.

– Se Deus quiser vai dar tudo certo!

– Eu tô rezando o rosário da Mãe de Deus pra você arranjar emprego – afirmava Maria.

– Mas eu prefiro trabalhar com meu artesanato do que ser escravo desses industriais – retorquiu Ferreira.

– Ferreira, não diga isso. Deus não ajuda assim.

– Estou dizendo o que o presidente da associação falou ontem na reunião que os patrões aqui escravizam os operários como no Ceará – e salientou. – Se lá no Nordeste os patrões pagam uma miséria por dia, aqui o salário mínimo, a metade vai para o aluguel do barraco, outra parte é pra luz e água e só restam alguns tostões pra comprar o feijão porque tempero nem se fala.

Aos seis anos, Jacinto já aprendera as letras com sua mãe que cursou apenas o 1º grau menor, e por outro ângulo, o seu tio Jesualdo gostava muito do garoto. Antes de ele ir para o Rio de Janeiro já sabia ler e escrever com a maior facilidade. O seu tio Jesualdo comprava revistas de quadrinhos de Maurício de Souza e estimulava a leitura, contava histórias, elucidava suas interrogações a respeito de assuntos diversos.

Maria matriculara Jacinto e a professora Cláudia logo percebera que o menino já sabia escrever e, além disso, era esclarecido, consciente dos fatos que ela nem imaginava. No primeiro dia de aula, Cláudia procurava conhecer cada aluno para poder melhor trabalhar o seu potencial e se surpreendeu com Jacinto.

A pedagogia de Paulo Freire auxiliava o professor. A dinâmica entre aluno e mestre e a forma de trabalho eram mais alternativas, distante do tradicional que não suportava que o aluno falasse. Se o aluno tivesse oportunidade de falar na sala de aula o seu crescimento intelectual era inevitável, diante da motivação recebida do professor, que elucidava e estimulava a leitura de bons livros, ajudava a desenvolver o aluno despertando o senso crítico. E, ao passar por esse processo de conscientização, o estudante descobria que os males, os problemas sociais se enraizavam no descaso do governo com o setor educacional.

No início da aula, Cláudia notara a diferença de Jacinto em relação aos seus colegas, não porque ele parecia muito inteligente, mas sim porque ele tivera mais oportunidade de crescer intelectualmente do que os outros.

– Precisamos proteger a natureza, o meio ambiente, defender as plantas. E os pássaros? – interrogara a professora. – Eles devem ser livres como vocês?

– Meu tio falava muito da floresta Amazônica – dissera Jacinto.

– É mesmo! – entusiasmou-se a professora.

– Ele narrava a história de Chico Mendes. Eu queria ser como ele para defender a Amazônia – enfatizou Jacinto.

Aí a professora acrescentou:

– Ele não queria a Floresta Amazônica, que é a maior do mundo, destruída, mas sim que continuasse nas mãos dos índios, pois são eles que sabem perfeitamente preservar a floresta.

– E quem destrói a floresta? – Jacinto pedia mais esclarecimento.

– São homens ricos, as multinacionais que tomaram as terras dos índios e dos pobres com violência. Os latifundiários da Amazônia fazem suas próprias leis: contratam capangas e pistoleiros para matar os mais pobres e os índios, os missionários e sindicalistas.

– E para que eles querem tanta terra, professora?

– Para plantar capim para o gado, exploração de minerais, como ouro, ferro, cobre, entre outros.

– Professora, me esclareça mais uma coisa: e o que é multinacional? – solicitou o garoto.

– São indústrias de grande porte que se instalam em vários países do planeta para explorar o solo e o comércio. Elas é que mandam no mundo.

– E o governo não se preocupa com essa questão?

– A preocupação do governo brasileiro ainda não foi suficiente para barrar a questão. No governo Lula houve muitos avanços, mas a devastação continua. O IBAMA não consegue resolver o problema da devastação e os ecologistas, juntamente com os índios, que os grandes ainda não conseguiram exterminar, são os que protegem e protestam a destruição da floresta.

As interrogações de Jacinto provocaram em outros colegas a curiosidade, que é o maior canal de acesso ao conhecimento para intelectuais do planeta. André entrou no debate.

– Professora, e o que é IBAMA?

– É o Instituto Brasileiro de Meio Ambiente, um órgão do Governo Federal que tem como finalidade proteger as reservas naturais, as florestas e o meio ambiente.

– Eu já ouvi falar na televisão – enfatizou Zezé.

– É, eu sinto que no futuro as pessoas do mundo inteiro farão uma grande reunião e daí decidirão o destino das florestas – finalizou a professora.

Naquele dia, a Razão Substantiva se levantou contra a Razão Instrumental, ou seja, a vida contra a morte causada pelos sistemas dominados pelos bancos mundiais... Crianças de seis a dez anos discutindo e refletindo sobre o futuro do planeta Terra. Na continuidade da aula, todos os alunos se apresentaram dizendo o nome e apelido que os colegas poderiam chamar.

Na escola, a merenda satisfez Jacinto, porém a vontade de conhecer o seu mundo, os livros e os mapas eram tanta que Jacinto entrava na biblioteca e se encarnava no mapa do Brasil. Procurou logo o lugar que tinha nascido, Cajazeiras, na Paraíba, e em seguida encontrou Aurora, no Ceará, onde nascera seu pai. Antes de vir para o Rio, tio Jesualdo apontara as duas cidades em um mapa do Nordeste. No mapa mundi observou oceanos, a localização do Brasil, não esquecendo de dar uma olhada no Nordeste. A biblioteca contava um bom acervo de livros, revistas e jornais, mas a revista *Sem Fronteiras* lhe chamava atenção pelas matérias picantes e de fácil entendimento. A bibliotecária estranhou a presença de um menino daquele tamanho pedindo uma revista para ler:

– Menino, você faz alfa?

– Faço sim – respondeu o garoto.

– Ora essa! Um menino fazendo alfa pedindo revista para ler, eu não acredito.

– Mas eu já sei ler e escrever, tia.

– Então venha cá – chamou a bibliotecária. – Leia esse texto aqui para mim "Suicídio de índios adolescentes".

– A cultura do índio brasileiro vem sendo dizimada desde a descoberta das América até os dias de hoje. Os latifundiários foram restringindo o espaço. Os brancos o implantaram com violência, já não existem, e o índio adolescente angustiado com tal maléfico se suicida até em dupla.

A razão instrumental pesou de tal forma que o futuro foi sufocado pelo homem civilizado. A natureza e a alegria das tradições foram massacradas. O índio idoso se entrega ao alcoolismo. As revistas e os jornais não destacam, como deveriam, esses fatos, entretanto o sequestro do filho de um empresário é noticiado durante cinquenta dias se esse for o tempo do sequestro...

– Basta! Basta! Agora sim, você pode até levar essa revista, mas eu vou falar com sua professora agora mesmo!

Durante o intervalo, a professora Cláudia refletiu sobre o caso de Jacinto e o chamou na sala, testou o seu conhecimento em matemática e português, mas não falou nada para Jacinto. Procurou a diretora e falou do garoto:

– Eu gosto desse tipo de aluno, mas se eu ficar com ele vejo que vou prejudicar o seu tempo.

– Ele acompanha o 3º ano tranquilamente em termos de conhecimento, ele vai além de adolescentes que fazem o 7º ano.

– Nossa! O garoto é inteligente assim? – admirou-se a professora.

– Bom, minha conclusão é essa, a senhora saberá com certeza o lugar desse menino aqui na nossa escola.

A diretora, no final da aula, conversou com Jacinto e pediu a presença de sua mãe, Maria, para o dia seguinte. Ao saber da notícia de que o filho faria o 3º ano, Maria ficou emocionada e agradecida. A nova professora de Jacinto se chamava Ana Lúcia, que também partilhou das alegrias da mãe por ser a nova professora do pequeno.

Já se tornara um hábito, após um mês de aula, somente Jacinto procurava a biblioteca na hora do recreio. Às vezes queria entrar no recinto com o copo de sopa, mas a bibliotecária não permitia.

– Muito bem, Jacinto, a gente precisa dividir o que a gente tem – enfatizou a professora. – Hoje, nós vamos trabalhar com substantivo próprio e comum.

Depois de uma explanação sobre o assunto, Ana Lúcia passa um exercício.

– Professora, Ceará é um substantivo próprio e perereca é um substantivo comum, estou certo? – interrogou Jacinto.

– Exatamente, todos os nomes de lugares como Ceará, Rio de Janeiro, Paraíba, entre outros, são substantivos próprios e nomes de objetos como cadeira, janela, caneta e animais como sapo, perereca, gato, entre outros, são substantivos comuns.

Ana Lúcia não pronunciara e não percebeu que um desses nomes comuns que Jacinto falara fosse objeto de seu maior susto. Antes do intervalo ela guardou o diário, mesmo sentada, mas não abriu a gaveta. No final do último horário este era dedicado à recreação em sala de aula. A professora narrava a história da bola quadrada que mais pareceu uma anedota do que uma literatura infantil e todos caíram na risada, despertou o senso de humor da sala e Jacinto contou a sua também.

– Um prefeito analfabeto de uma cidade do Ceará solicitou a sua secretária um cheque de R$ 60 e a secretária também analfabeta respondeu que não sabia escrever, então o prefeito disse "Nesse caso faça dois de R$ 30."

A criançada gostou e outro aluno, Ângelo, disse:

– No Rio de Janeiro tinha um prefeito mais analfabeto ainda, ele chegou a dizer assim no seu discurso de abertura de um concurso de motocross: "Meus povos e minhas povas, se eleito for, eu vou fazer uma pista de motocross."

– É mole? – enfatizou André. – Concurso de motocross. Os que têm são em percurso de terra e não em pista.

Nesse momento a professora, rindo juntamente com seus alunos, se dirigiu à gaveta para pegar o diário. Jacinto ficou na expectativa e só ele esperou o susto da professora.

– Olha, toda sexta-feira nós vamos fazer esse tipo de recreação. E, fora do colégio, na rua, na avenida, vamos conhecer os sinais de trânsito, ok?

– Ok! – responderam num mesmo tom.

Ao abrir a gaveta Ana Lúcia quase desmaiou e deu um grito:

– Meu Deus, uma rã! – ela saiu correndo, deixando o diário. Jacinto caiu na gargalhada e alguns curiosos revistaram a gaveta e encontraram a rã de plástico.

– Uma perereca de plástico apenas – disse Anderson retirando do birô e mostrando a turma.

O clima de humor cresceu, mas a campainha tocou e todos saíram na maior algazarra. Jacinto não esperava que o susto fosse tanto, pois Ana Lúcia tremia como "vara verde". Entrou na secretaria, bebeu água e disse para a diretora:

– Naquela sala eu não vou mais, deixei meu diário lá e alguém deve ter trazido aquele bicho, quem terá sido?

– Ângelo pega a perereca e leva para a secretaria.

A professora tomou outro susto.

– Não, não... Pelo amor de Deus leve isso pra longe!

– Professora! É de plástico – disse Ângelo acalmando.

– O quê? De plástico? Eu não acredito! Quem terá escondido no birô? – perguntou a professora.

No dia seguinte, os alunos queriam saber da professora quem teria trazido a perereca para sala de aula, entretanto ela pediu que todos esquecessem do assunto. Estava envergonhada do grito que dera no dia anterior, embora desconfiasse de Jacinto.

A curiosidade do garoto em observar mapas da biblioteca o fez aprender tudo sobre clima, vegetação, capitais dos estados brasileiros e principais cidades do mundo. Em todas as matérias suas notas eram excelentes, geografia e história nem se fala.

Os pais do garoto sofriam muito com a falta de dinheiro, mas com relação à alimentação e o aluguel do barraco Ferreira sempre dava um jeito. No sábado, vendia carrinhos que fazia durante a semana e conseguia o dinheiro da feira. Achar uma saída como a de Ferreira não era para todo mundo, mas o sistema pregava o seguinte: "Quem trabalha não passa fome, Deus ajuda a quem trabalha." Todavia quando alguém da favela da Rocinha procurava emprego no centro do Rio era discriminado e marginalizado. Pelo endereço, o departamento pessoal das empresas in-

ventava desculpas e rejeitavam a mão-de-obra dos favelados. Para se defender, alguns comerciantes criavam grupos
de extermínio e aqueles que os denunciavam viviam em
prisões voluntariamente para não serem mortos em em-
boscadas que esses grupos organizavam.

Violência na favela, o menino perde a mãe

A cada ano que passa os problemas sociais afligem o Terceiro Mundo e a violência cresce assustadoramente nos morros e favelas dos grandes centros urbanos. Na favela da Rocinha, uma das maiores do país, a violência é uma lei natural dos deserdados dos valores materiais e espirituais. Já existem humanistas trabalhando na área através de associações de movimento pró-humano e instituições educacionais. O problema é conjuntural. A ação governamental tem sido prejudicada por picuinhas políticas entre governos estaduais e federais. O problema tem sido amenizado, mas não resolvido. Reprimir, esquecendo de cortar o mal pela raiz – que seria priorizar a Educação, empregos, salário digno e saúde – de nada se resolve. Danado é que nem o Exército está conseguindo coibir e conter o avanço das organizações criminosas que imperam nos morros cariocas.

A família de Jacinto convivia diariamente com a violência; de vez em quando, a favela era invadida pela polícia. Os moradores fechavam suas portas e o tiroteio reinava nos ares do morro. O JB noticiava o número de mortes da PM do Rio de Janeiro e dos traficantes da Rocinha.

Violência ali era uma imposição das circunstâncias, o cume das consequências sociais que o sistema implantava para toda a América Latina. O indivíduo era obrigado a conviver com a situação "se correr o bicho pega, se ficar o bicho come". Entretanto, todo o acróstico da vida social do Rio de Janeiro apontava defasagem na qualidade de vida da maioria de seus habitantes.

O garoto estudava à tarde. Sua liberdade era restrita, diante do medo de seus pais em relação à violência na rua. Numa tarde não "excepcional", mas cataclísmica para a favela da Rocinha, o garoto subia o morro descontraidamente conversando com seus colegas.

– Onde eu morava, lá em Cajazeiras, na Paraíba, era tão tranquilo – afirmava o garoto para os seus colegas. – Não existe violência como aqui. Meu tio me contava tanta história. Além disso, me dava livros e revistas para ler.

– Lá não tem maconheiro, traficante? – interrogou André.

– Não! Tem muita festa, forró pé de serra, as pessoas andam sem medo.

– Você sabe dançar?

– Eu sei! Sei nadar e andar de jegue.

– E o que é jegue?

– É um jumento, jerico.

– Você sabe nadar? E lá tem rio, mar, água?

– Tem mais do que isso. Sabe, meu tio me falou que a TV não mostra a verdade sobre o Nordeste. É como se lá fosse um deserto sem água. Além do mar e dos rios, tem os grandes reservatórios de água da América Latina, os açudes com água azulzinha e doce como água de côco, e ainda tem mais: não existe poluição como aqui no Rio de Janeiro. Tem dias que o Cristo Redentor parece mais um fantasma com tanta fumaça no ar. Na Paraíba, o problema é a seca e eu vejo isso como um problema de ordem política. A água no Nordeste sobra e tem terra fértil também.

Naquele momento eles ouviram uma rajada de tiros, ficaram assustados e correram em direção às suas casas. O barraco de Jacinto coincidentemente situava-se na área de conflito, entre PMs e traficantes. Suas pernas tremiam como "vara verde". Outra rajada obrigou o garoto a se esconder por trás de um muro. Porém, o risco era inevitável e os PMs não perceberam o menino que começou a chorar com a realidade à vista. Depois refletiu e concluiu:

– Vou falar com meus pais para a gente voltar para o Nordeste.

Ficou ali quase uma hora. Levantou a cabeça e um tiro atingiu sua orelha. Ele passou o dedo, viu sangue e gritou:

– Mamãe!

Uma nova rajada de tiros fez o garoto baixar a cabeça, ninguém o ouviu, seus pais de portas fechadas se angustiavam, pois o horário de chegada de Jacinto era meio-dia e já passava da uma.

– Ferreira, o que aconteceu com o nosso fio? Meu Deus! Isso aqui é o fim do mundo.

– Não vai acontecer nada, muié, deixe de chorar, é mió rezar pra gente sair daqui!

Olhavam pela brecha da janela. Chagaram mais de dois carros da PM e um helicóptero.

– Meu Deus! É uma guerra, meu filho já está é morto no meio dessa fumaça.

Nesse momento ouviram um grito de uma criança.

– Mamãe! Papai! Oh! Mamãe!

– É do meu fio – respondeu a mãe.

– É, o que é que nós vamos fazer agora? – se desesperou Ferreira.

– Home, eu vou atrás dele.

– Tu é louca, muié?

– Eu vou, eu vou, eu vou – falava com todas as forças de sua alma.

Ferreira agarrou a esposa, mas o seu amor de mãe era soberano. O amor de mãe é divino, que dá a vida pelo seu próprio filho. O coração de mãe fazia esquecer de sua própria pele, sua alma veemente de amor por aquela única criatura que saiu de suas entranhas deixava-a louca. Venceu a força do marido, puxou a trava da porta e saiu correndo, e ainda ouviu o grito do filho.

– Mamãe!

– Meu fio Jacinto, é meu fio. Já!!!

Nesse momento, uma bala lhe atingiu o peito, o garoto viu a mãe cair, correu para cima, abraçou a mãe sangrando e a beijou.

– Meu fio, eu vou morrer!!!

– Não, não!!! Isso não vai acontecer.

Jacinto, com um ar desesperado, correu para um dos carros da polícia e avisou que sua mãe sofrera um tiro e que estava sagrando muito.

– Cadê seu pai?

– Tá em casa. Vá chamá-lo.

Enquanto isso, o policial pegou Maria e colocou no carro para levar ao hospital. Ferreira, com o filho nos braços, chorando, entrou no carro e tentou conter as lágrimas. Levou a esposa no colo. O policial chegou rápido no plantão de urgência, porém o caso era grave, Maria caía no arrefecimento. Ferreira beijou a esposa e o filho.

– Maria, não vá embora, eu não sei viver sem você. E o nosso Jacinto como fica?

– Mamãe!!!

– Sua mãe está morrendo, meu fio – Ferreira apertava o filho na hora de sua grande dor...

Antes de chegar à mesa de cirurgia, Maria morreu. Pai e filho ficaram desolados.

– Meu fio, não vou te dar uma madrasta. A única coisa que eu tenho no mundo é você, meu fio. É você, meu filho! É você!!!

As lágrimas corriam como um rio e os dois abandonados mergulharam numa dor de separação eterna. Depois do acontecido, Jacinto faltou às aulas durante uma semana. O pai foi até à escola explicar a ausência do menino. Faltavam apenas dez dias para as férias. As provas do 4º bimestre tinham passado, mas a professora disse:

– Sr. Ferreira, o menino tem nota suficiente para passar de ano. O senhor não se preocupe, Jacinto é um aluno excelente, mesmo assim ele vai fazer as últimas provas do ano.

– Dona Ana Lúcia, a senhora me alivia a alma, eu tenho um fio de ouro, graças a Deus e à minha falecida Maria.

Ferreira estava emocionado, as lágrimas se misturavam. Procediam da dor e da alegria concomitantemente.

– São tantas desgraças nessa vida, mas o pobre também é gente. Sente alegria também – Ferreira pensava consigo mesmo. Jacinto abraçou o pai, o beijou e disse:

– Papai, você é a única riqueza que eu tenho na vida, vou fazer do senhor o pai mais feliz do mundo.

Ao ouvir isso, do filho, com apenas seis anos de idade, Ferreira não se conteve, estremeceu de alegria, abraçou o filho fortemente... A professora testemunhava aquele momento patético e diante do fato ficou inerte, a sua sensibilidade de mulher contagiava a alma e os olhos também lacrimejavam.

Natal

O Natal daquele ano foi amargo e desolador para os dois, a ausência de Maria completara um mês. Saíram para uma capela próxima de casa, a noite estava linda, enfeitada pelos moradores do morro. As bandeirinhas feitas de jornal dançavam no ar, saudando a chegada do menino Deus. Jacinto estava alegre, mas de repente ficou triste.

– Papai, eu vou pedir ao Menino Deus que quero minha mãe de volta.

– Sua mãe não pode voltar, meu filho.

– Deus é ruim assim?

– Não, nada disso.

– Deus a levou porque precisava dela!

– E eu? Eu preciso mais do que ele!

Na hora do abraço da paz o garoto lembrou novamente da mãe, abraçou o pai e disse:

– Mamãe!!!

Não se conteve, chorou até o fim da missa bem baixinho nos braços do pai. Jacinto sofria muito, mas paulati-

namente foi se acostumando com a falta da mãe. Feverei-
ro chegava com a volta às aulas e muita chuva acontecia
também. O barraco de Ferreira corria risco de desabar, com
dois cômodos apenas.

Numa noite daquelas, o vento anunciava tempestade, os
raios faziam acrobacias nos céus e Jacinto assistia embeve-
cido o fenômeno da natureza. Já se acostumara com os infortúnios do destino. O barulho do trovão balançava o barraco e Jacinto corria para os braços do pai. Num momento,
o trovão foi mais tenebroso e provocou medo no garoto.

O tempo foi acalmando e o menino dormiu lembrando da mãe. No crepúsculo do sono pensava que estava com
sua mãe porque o pai era extremamente carinhoso com o
filho. Amanhecia o dia e a vida continuava.

Agora o garoto, com sete anos, cursava o 4º ano e Cíntia, sua nova professora, já o conhecia através de comentários de Ana Lúcia do 2º ano. Logo no 1º dia de aula ele
trouxe uma revista, "Sem Fronteiras", que o Jaime da PJMP
lhe dera ao perceber sua curiosidade com relação aquela
revista. Cíntia deu uma olhada e enfatizou:

– Essa é a melhor revista católica que eu conheço – e
acrescentou – Jacinto, você só tem a crescer como ser humano com esse tipo de revista, e por falar em revista, nós
vamos trabalhar muito a questão da leitura durante todo o
ano letivo.

Naquele instante, Cíntia foi interrompida por Jacinto:

– Professora, todo dia quando desço o morro eu dou
uma olhada nas manchetes dos jornais das bancas de re-

vistas e hoje vi uma injustiça estampada nos jornais que me deixou triste: "Fazendeiros do Pará escravizam nordestinos". Pergunto: ainda existem escravos no Brasil?

– Boa pergunta, Jacinto. Vejo de vez em quando notícias nos jornais desse tipo. Há poucos meses isso aconteceu no Estado do Rio de Janeiro: fazendeiros escravizando cearenses. Eles só tinham o dever de trabalhar e direitos nenhum, mas sabe o que acontece? Eu também me sinto escrava do sistema, o nosso salário é uma mixaria. Sobrevivo, isto é, eu preciso trabalhar os três turnos, manhã, tarde e noite para poder sustentar a família. Por isso, me sinto também escrava. Vocês concordam comigo?

– Sim! – quase todos responderam em coro.

– Olha, eu acredito num Brasil melhor, futuramente, mas é necessário lutar desde já por uma educação em que o aluno possa desenvolver todas suas potencialidades. Um dia vocês participarão de movimentos estudantis e vão ter fé, porque quem luta tem fé.

A esperança da professora provocou na mente fértil de Jacinto lucubrações durante toda semana. Na sexta-feira a turma fez desenhos. O trabalho de Jacinto lembrou um índio em suicídio porque o branco usurpou a terra de sua tribo e inexoravelmente destruiu sua alegria de viver, a sua cultura. Cíntia deu nota 10 e interrogou-o:

– Essas anotações, de onde você transcreveu?

– De uma revista.

– O que é que você entende por isso?

– Injustiça grande...

– Você se preocupa com isso?

– É claro. Meu tio falava de tudo que é injustiça!

– Fale-me de outro tipo de injustiça, Jacinto – solicitou a professora.

– Tem muitas injustiças, por exemplo, meu pai, um homem trabalhador, não tem direito a um emprego no Centro só porque é dessa favela, é uma discriminação com a gente. Eles pensam que todos desse lado de cá são maconheiros, traficantes e bandidos. Bandidos são eles! A miséria existe por causa deles. No dia em que o povo do morro descer e invadir os supermercados, eu vou ajudar. Vai haver uma revolução.

– Nossa, você teria coragem?

– Eu tenho sangue de cearense e paraibano, professora!!!

– Parece até que você vai ser político, não é?

– Não. Vou ser apenas um homem de luta no Nordeste.

– Por que no Nordeste?

– Lá as pessoas sofrem mais do que aqui, meu pai trabalhava numa roça de meia. Como se dá nome a esses trabalhadores, professora?

– Meeiros.

– Meu pai produzia dois sacos de arroz, um era do patrão fazendeiro e o outro era nosso.

– No Nordeste, os fazendeiros enriquecem às custas da gente, bastam cinco moradores para deixar um fazendeiro rico.

– E lá não existe emprego?

– Não é que não tenha emprego, existe muito pouco, mas os empresários pagam salário de fome. Meu pai trabalha de sol a sol para ganhar um quilo de arroz por dia.

– Que patrão miserável! – enfatizou André.

A confabulação entre Jacinto e a professora provocou a turma, que ficara inquieta querendo saber detalhes da verdadeira vida do nordestino, porque os meios de comunicações distorcem os fatos e produzem uma ideologia que só beneficia o sul do país. Há muito tempo que a escola tinha sido reformada. A diretora mandara alguns ofícios para a Secretaria de Educação, mas a burocracia que intermediava a solicitação da diretora desviava os ofícios para alguma gaveta e assim não chegava às mãos de Secretaria de Educação do Município. Hoje em dia, quem precisa de um auxílio governamental deve ir ao eixo da coisa e nunca esperar pelos assessores de secretários.

Diante do quadro, não havia muito interesse do corpo docente pela melhoria da escola, entretanto desde o ano anterior Jacinto imaginava como fazer uma reforma na escola e torná-la mais bela com o plantio de um jardim, mas nunca falara a ninguém. Ele matutava querendo encontrar uma solução para o caso. Astuto, e de mente aguçada, Jacinto percebeu o gosto da professora pelas suas afirmações e interrogações. Articulou e projetou sua ideia.

– Professora, vamos pintar nossa escola e plantar um jardim bem em frente, deixando-a bem bonita.

– Como, Jacinto? – quis saber a professora.

– É o seguinte: a senhora fala com a diretora e os professores solicitam ajuda de voluntários nas salas de aula.

– E o material?

– A gente sai pedindo nas casas que vendem tintas e eles nos ajudarão, eu tenho certeza. Depois de pintar a escola por dentro, os melhores desenhistas de cada sala serão escolhidos e eles criarão desenhos e pinturas na murada que ficará linda de "morrer".

– É uma ideia maravilhosa, Jacinto!

– Os colegas topam concretizar a ideia do colega de vocês, Jacinto? Dos próprios alunos reformarem essa escola?

– Topamos, todos responderam numa excitação que parecia uma aventura, um passeio de jovens para escalar montanhas ou mesmo a preparação de um acampamento de escoteiros.

– Então, vamos fazer o projeto para saber o quanto precisa de tinta, cal, areia e cimento para consertar toda escola.

No final do expediente, Cíntia falou com a diretora, que a principio titubeou, mas sua argumentação e intrepidez firme em torno da ideia daquele aluno sensibilizaram a diretora que sentiu a necessidade de fazer concessão ao projeto que iria modificar completamente o físico da escola. Cíntia ainda solicitou a direção da escola papel timbrado.

Em seguida, convocou toda classe para o trabalho, ninguém recuou. Jacinto já tinha formado uma equipe de seis colegas da classe e disse para a professora que Jaime, amigo do grupo de jovens da paróquia, certamente daria uma força com o seu grupo, pois a maioria dos componentes estudavam naquela escola cursando entre o 8º e 9º ano. A professora adorou a sugestão e chamou Jacinto com sua equipe para uma reunião em sua casa No sábado, às 14h.

No mesmo dia, Jacinto procurou Jaime que morava bem próximo à sua casa. Relatou com emoção como surgiu o seu projeto e o entusiasmo da professora diante das suas ideias. Jaime estudava em outra escola, cursava o Ensino Médio, e coordenava o grupo de jovens na comunidade. Aderiu imediatamente ao movimento por gostar do pensamento do garoto, que era voltado plenamente para o comunitário e o humano.

– Eu vou ajudar a vocês – e acrescentou – Vou convidar a todos para uma reunião amanhã às 14h para debater essa questão.

Seu grupo era composto de dezesseis jovens, cinco rapazes e onze moças, a maioria composta por adolescentes.

– Nós vamos traçar nossa linha de trabalho e depois nos reuniremos com a professora juntamente com vocês, ok? – completou Jaime.

No dia seguinte, às 13h30, Jacinto já se encontrava na calçada da casa da professora com seus colegas.

– Vocês gostam de pontualidade, hein! Entrem! Nós vamos nos reunir na sala de refeições por ser um local mais arejado, ok?

– Ok!

Por todos os ângulos, Jacinto teve êxito no seu projeto. Ele trouxe um esboço de casa, Cíntia já traçara uma estratégia para conseguir o material para a reforma do colégio.

Enquanto isso, o grupo de jovens se reuniu no mesmo horário para debater e amarrar pontos da questão lá no salão paroquial.

Depois de uma hora de projeção em cima do assunto, Cíntia e Jacinto estavam com o projeto preliminar. Jacinto sugeriu se encontrarem com o grupo de jovens no salão paroquial, que não era muito longe e certamente a reunião duraria mais tempo.

– Boa ideia. Espere um pouco, Jacinto, eu tenho um lanche para vocês.

– Oba! Obrigado, professora – agradeceu o garoto.

Chegaram ao salão paroquial e a reunião tinha começado às 14h30, Jaime fizera uma explanação da proposta de Jacinto e a turma gostou da sugestão.

– Boa tarde!

– Boa tarde! Sejam todos bem-vindos à nossa reunião – enfatizou Jaime.

Jacinto apresentou sua professora para Jaime e para a turma. Cíntia era muito simpática e dinâmica, esses dois fatores facilitaram as relações interpessoais com o grupo.

– Professora, nós queremos uma elucidação maior a respeito do projeto do nosso garoto aí – solicitou Jaime.

Cíntia explicou a todos o caso, disse que esperava uma reação positiva do grupo. Todos concordaram. Cíntia contava a essa altura com vinte e quatro pessoas, somando o apoio da diretoria.

Durante o resto da tarde, Jaime e a professora trabalharam, digitando os ofícios, que a partir de segunda-feira enviariam para as casas de materiais de construção. Doze jovens entregaram os ofícios na favela da Rocinha e adjacências. Conseguiram muita coisa. Entretanto, a escola era grande e precisava de mais apoio. O conseguido não seria suficiente. Cíntia se reuniu com os professores, a maioria aderiu ao movimento e dentro de uma semana todo o material estava encostado.

Na sexta– feira, Cíntia disse para a diretora que ia passar nas classes para falar com os alunos que tinham tendência para a arte de desenhar e pintar.

– Querida, vejo que isso me parece uma aula extra, extraordinária, você está desenvolvendo um trabalho excelente, pondo em prática o que você aprendeu na Universidade. Conte comigo.

Cíntia não encontrou empecilhos no seu caminho, pois tinha trabalhado em outra escola e a diretora, com seu autoritarismo e dona do mundo, a demitira simplesmente porque Cíntia não seguia o planejamento à risca e deixava que a criatividade fluísse e suas potencialidades fossem desenvolvidas para o bem comum. Somente uma professora hesitara em ajudar, ficando neutra ao caso, mas o líder da sala disse:

– Precisamos do apoio de vocês para limpar nossa escola, que tal a gente estar aqui amanhã às 7 horas?

– Vai ter almoço? – interrogou um deles.

– É claro – adiantou Cíntia.

– Então, a gente vem. Eu vou trazer meu pai para ajudar, pois ele é pedreiro – disse Adriano.

– Que bom! – exclamou a professora da sala, aderindo ao movimento.

À noite Jaime procurou Cíntia e Jacinto para acertar alguns detalhes. Às 7 horas da manhã, mais de 200 alunos estavam na escola. Vieram dois pintores e três pedreiros. Um dos pintores se encarregou de fazer o nome da escola que estava amarelado pelo tempo, mas apenas ficara como orientador. Os outros orientaram as turmas. O importante era que o próprio aluno estava fazendo a reforma da escola, e, assim, aprendia a respeitar as paredes depois daquela aula de humanismo e unidade que vivenciaram na prática durante todo aquele dia.

A manhã de sol estava maravilhosa, os raios solares queimavam veemente o rosto da garotada. Cada um queria dar uma pincelada, mas a coordenação organizou de tal modo que oito alunos entre oito e quinze anos formavam dez equipes para a pintura das classes.

Quando faltava alguma coisa, como escada e broxa, Cíntia chamava sua equipe de apoio, formada por vinte alunos e solicitava a quem pudesse arranjar tal objeto:

– Quem tem escada em casa?

– Meu pai tem uma – respondeu Fabinho do 7º ano.

– Então forme uma equipe de cinco e vê se consegue com teu pai essa escada, Juninho.

– É Fabinho, professora!

– Desculpe, eu me atrapalhei.

– Agora nós precisamos de mais duas broxas: quem pode conseguir? – continuou Cíntia.

– Eu! – respondeu Cicinha do 9º ano.

– Eu! Eu! Eu, professora! – respondeu entusiasmado Nenê Saraiva do 5º ano.

– Professora, meu pai empresta – respondeu Lívia Leme do 7º ano.

Mais cinco alunos responderam que podiam conseguir. Cíntia, satisfeita, falou com entusiasmo:

– Que maravilha! Consigam rapidamente esse material e me tragam aqui, ok?

– Ok! – a garota saiu correndo para pegar as broxas.

Jacinto se aproximou de Cíntia e deu um abraço e um beijo. Por um momento os dois se emocionaram com o sucesso do movimento pela reforma. Os dois protagonistas estavam deslumbrados e extasiados com tudo que conseguiram, pois até um jardim, a partir daquele dia, a escola possuiria. Também estavam presentes muitos pais de alunos que conseguiram até esterco de gado num passe de mágica. Como conseguiram tal adubo? O pai de Jacinto sabia onde tinha e no dia fez uma surpresa para o filho e a professora.

– Estrume, professora, para o jardim.

– Seu Ferreira eu estou tão contente! O seu filho Jacinto é que provocou todo esse barulho bom.

– Dona Cíntia, eu farei qualquer coisa para o meu fio e pra essa escola.

– Muito obrigado, sr. Ferreira, o senhor é muito generoso.

Jaime fazia parte da Coordenação Geral. O grupo de jovens ficara responsável pelos banheiros, secretaria, sala de professores e diretoria.

A construção de um edifício paulista não traduz alegria para o operário porque o destino do edifício é para os de classe média e alta. A classe proletária apenas se sente obrigada a construir, e com um mísero salário que ganha sustenta a família. Por isso, ele não perde o emprego. Porém, a reforma daquela escola parecia mais uma festa com tanta balbúrdia, ao contrário do trabalho do personagem operário da música *Construção* de Chico Buarque de Holanda...

O tempo foi bem dividido dentro de cada equipe, ninguém se cansava. Às 10h a coordenação geral ofereceu um lanche para todos.

– O trabalho dos alunos objetivava apenas a reforma da escola, entretanto estava dando uma grande contribuição no que se refere a socialização para a garotada – comentava o professor de História, Everardo.

– Uma lição para todos nós – afirmou a professora de Português, Socorro Martins.

– Se em todas as escolas os alunos tivessem a liberdade que os nossos têm, a revolução educacional teria começado – concluiu a diretora.

Jacinto ouvia os comentários na sala dos professores e chamou a diretora para um particular.

– Tia, nós estamos com ideia de fazer a nossa Semana de Cultura ainda nesse semestre porque o pessoal do 9º ano está bolando o projeto da feira de ciências para o 2º semestre. O que a senhora pode nos adiantar?

– Bom, aí já é uma coisa mais difícil. Eu não posso me responsabilizar.

– Eu tenho outros compromissos. Essa história aí não, dá muito trabalho.

– Não posso! Não posso!

O primeiro entrave para o outro projeto de Jacinto era a própria diretora. Para ela, a criatividade tinha limite. Titubeava diante da efervescente vontade de criar e construir o mundo. Razão substantiva que estava dentro da alma de Jacinto. Ficara neutra diante do desafio da razão substantiva. Era incipiente na Pedagogia que transforma o indivíduo para a vida. Resistia dar a tal licença que Jacinto queria. Sua ótica denunciava características tradicionais, forma obsoleta de trabalhar com o aluno.

Jacinto saiu dali acabrunhado, mas não derrotado. Cabisbaixo, matutava a resposta negativa de sua diretora, queria encontrar um meio que a convencesse a mudar de opinião. Subitamente nasceu uma ideia: falar com sua professora e o professor de história. O desejo de Jacinto era cantar, falar algo que estava engasgado na alma. O dia das mães se aproximava...

A conversa que teve com os dois professores foi suficiente para que sua alegria voltasse a ser irradiante. Cíntia tocou a sinistra campainha da escola:

– Hora do almoço! – musicalizou Cíntia.

Todos ficaram à vontade, tinha comida sobrando. De repente a coordenadora pediu silêncio.

– Pessoal, diante desse trabalho maravilhoso que nós estamos realizando em conjunto, eu já sinto o clima de uma semana cultural nessa escola, já pensaram como seria?! Agora eu pergunto: vocês topariam fazer com a gente uma semana de cultura nessa escola?

– Professora, essa é a melhor ideia que ouvi nessa escola durante cinco anos que estudo aqui – disse um Gracifé do 9º ano, em pé.

– Bom, uma semana cultural numa escola incentiva a arte dos alunos. A semana é unicamente do aluno, os professores são colaboradores e orientadores. De uma forma genérica todos terão oportunidade de se expressar, na música, na redação, na poesia, nas artes plásticas, como desenho, pinturas e escultura, na dança, no teatro, no discurso, na piada, entre outros aspectos. Os que possuem sensibilidade terão toda oportunidade possível de se expressar e evidenciar as suas tendências artísticas, os que não quiserem se expressar farão qualquer coisa que lhe façam bem ou que seja importante dentro das diversas atividades que nós iremos realizar, ok?

– Ok!

– Puxa! Dessa vez eu canto – disse Jacinto cheio de contentamento.

– Vai ser um arraso – concluiu Vânia do 7º ano.

Na secretaria, a diretora estava plantada e desnorteada com o desmonte da professora Cíntia. Sua ousadia "inconsequente" derrubou o topete da diretora que não conseguiu resistir a algo já público. Jacinto vibrou com os colegas. Sua estratégia dera certo.

O dramático na vida de Jacinto se aproximava e ele teria que ser resistente a uma tempestade de acontecimentos trágicos. Tão resistente quanto o menino de rua. "Meu caminho é de pedra, como posso sonhar?" – Milton Nascimento interpretava a vida do "trombadinha" na música *Travessia*. O sonho de Jacinto seria dissipado pelo vento da realidade crua, cruel e catastrófica para aquela criança.

O garoto perde o amigo

Os dias se passaram com Jaime engajado na comunidade eclesial de base, se doava de corpo e alma com qualquer movimento que apontasse uma razão substantiva, isto é, qualidade de vida para o ser humano. Um amigo seu, ecologista, trabalhava no estado do Pará e convidou-o para desenvolver um trabalho em defesa dos índios que estavam perdendo suas terras e sendo perseguidos por latifúndios da Amazônia. Jaime já conhecia a história do assassinato de padre Josino e de muitos sindicalistas que foram assassinados meramente porque defendiam o trabalhador, o índio, o pobre, mas não se intimidava. Um humanista cristão, que substituía o tio Jesualdo na vida intelectual de Jacinto, orientando-o numa espécie de conscientização precoce.

A mãe de Jaime, dona Camila, não se conformava com a decisão do filho de ir para o norte do país.

– Aquela região é perigosa, agora que a civilização está chegando lá, fique aqui porque eu poderei conseguir um bom emprego para você. As perseguições daqui não me atemorizam tanto quanto uma coisa que eu não conheço.

– Mãe, eu vou escrever toda semana!

– Você vai me matar do coração, meu filho, quando passar uma semana sem notícias.

A mãe fez alguns esforços ainda, mas Jaime não pesou o egoísmo maternal que a maioria das mães possui. Preparou-se psicologicamente para viajar, porém precisava conversar com Jacinto.

– Olha, eu vou à luta, Minha vocação é lutar pelos direitos humanos. O direito natural à terra mãe, o direito a um teto, à comida e ao lazer está sendo usurpado pela classe dominante dos latifundiários e das multinacionais.

Jacinto ficou desnorteado. A revista "Sem Fronteiras" não veria mais, seu maior amigo ia embora.

– Você vai me dar um livro de presente, não vai?

– Sim, mas qual? – interrogou Jaime.

– Bom, qualquer livro que me ajude a crescer entendendo a realidade do mundo em que vivo.

Jaime deu de presente seis livros que influenciariam na vocação de Jacinto. Aconselhou-o a procurar uma biblioteca e acrescentou:

– Não se esqueça de ler autores realistas e humanistas, ok?

– Ok!

Na despedida, Jaime abraçou o amigo e disse:

– Qualquer novidade que lhe interesse mandarei dizer por carta.

Jacinto apertou o amigo e as lágrimas correram. Foi um machucão que feriu no fundo da alma do garoto que ainda não esquecera sua mãe. O cotidiano surpreendia Jacinto. Cíntia chegou à sala sem jeito de falar. Taciturna ficou por alguns instantes, sentada sobre o birô. A turma percebeu que alguma coisa tinha acontecido ou estava para acontecer. Jacinto foi o primeiro a interrogá-la:

– O que está acontecendo, professora?

– Bom, meus amigos, eu tenho que falar mesmo! Só ficarei com vocês até sexta-feira, outra professora me substituirá, vou morar em São Paulo. Eu estava esperando que o meu marido terminasse de construir uma pequena escola para eu assumir, o resto desse ano vou trabalhar pela legalização do educandário. Lá eu tenho um apartamento, aqui eu pago aluguel muito alto e o salário não está dando. Por outro lado meu esposo já trabalha lá há mais de seis anos, só o vejo nos finais de semana. A única coisa que me constrange é não poder realizar com vocês a Semana de Cultura. Outro projeto de Jacinto para essa escola que estava previsto para início de junho, mas certamente a semente que está plantada germinará.

Naquele momento a classe desmoronou, uma pequena de sete anos começou a chorar. Jacinto ficara estático, sem uma palavra. Todos se encolheram como se quisesse um refúgio no útero da mãe.

O dia escurecera no psicológico daquelas crianças por alguns instantes. O trabalho que Cíntia realizara juntamente com todos dava segurança às crianças, o carinho e o desvelo por cada uma serviam de comentários na escola, mesmo com as controvérsias que existiam entre ela e a diretora não foi empecilho para a diretora aprender a amá-la. Os alunos respeitavam-na profundamente. De sua simpatia todos usufruíam da cantina a secretaria da escola. O silêncio foi quebrado. Ângelo protestou:

– Logo agora que a gente ia cantar e todos estavam gostando da ideia da professora!

– Agora a diretora não vai deixar a gente fazer o teatro – arrefeceu André.

– Essa escola vai se transformar num cemitério. Perde a graça sem a professora – acrescentou Wilma, a mais velha da sala, com doze anos.

Jacinto rompeu com o pré-niilismo da classe. Despertou do seu ruminar solitário e mexeu com a alma da turma.

– Gente, tia Cíntia fará muita falta, porém a ida não significa o fim dos nossos planos e – enfatizou – nós vamos fazer bonito no Dia das Mães e realizar a semana cultural de nossa escola.

– Mas como? – quis saber André.

– Calma. Estou montando um plano e eu preciso das sugestões de vocês para elaborar o Projeto Cultural.

Jacinto falava assim: desafiando o medo de perder a parada que era iminente. A princípio, com a reação dos alunos, Cíntia sentiu-se desolada percebendo sua importância na continuidade daquele trabalho. Aquela coordenadora deixaria o seu cargo "vacante". Entretanto, sua maior alegria foi notar que das sementes plantadas uma fizera vanguarda para acordar as outras.

Estava nascendo Jacinto da família das liláceas, dos lírios e do aroma poético, com uma cor vermelha significando coragem. Assim surgia Jacinto no meio dos colegas, ele entendeu que o arrefecimento levaria ao confinamento, por isso levantou a bandeira.

– Primeiro eu vou falar com o professor de história porque acredito que ele esteja do nosso lado, em seguida, a gente fala com a diretora e toca o barco para frente.

Cíntia disse que falaria com o professor naquele mesmo dia, mas Everardo viajara e só na semana seguinte estaria de volta.

Jacinto perde o pai

Na sexta-feira aconteceu a despedida de Cíntia com a turma, um dos alunos comprou um cartão onde todos assinaram. Cíntia guardaria como lembrança para sempre o cartão daquela turma que tanto velava. O carinho que soubera ter com os alunos foi retribuído naquele papel de uma forma simbólica. Logo no sábado ela viajou para São Paulo com todas as suas coisas e com a correria esquecera-se de deixar o endereço da nova residência.

Durante toda semana, Ferreira, pai de Jacinto, fizera muitos carrinhos para serem vendidos na feirinha do sábado. Tomara gosto pelo trabalho e já pintava. Quando faltava material, procurava no lixo e debaixo dos viadutos, às vezes comprava nas serrarias.

No sábado, às 6h da manhã, desceu para pegar ônibus. Ferreira desceu o morro com entusiasmo e contentamento porque produzira muitos carrinhos naquela semana de outono, jamais passou na sua cabeça o que estava para acontecer.

Ele lutava porque uma vida preciosa dependia dele, a do filho, que era a coisa mais importante de sua vida. Ferreira passava por cima de pau e pedra e conseguia o alimento para si e para o garoto. O amor pelo filho acendia no peito a eterna vontade de trabalhar, que reside na alma do nordestino, e de uma vida mais digna para ambos.

Naquela madrugada aconteceu um confronto entre a PM e os traficantes, mas a alegria de Ferreira de ter conseguido fazer um bom número de carrinhos era tanta que ele passou entre duas viaturas e não percebeu os mortos no tiroteio. Chegou ao pé do morro, lembrou dos tiros e das viaturas e pensou no filho que ficara dormindo, se perturbou um pouco por não ter se adaptado tão prontamente a tal sistema violento dos morros cariocas. Vivia o dilema: se voltasse passaria a semana com fome e correndo risco de vida e se ficasse para vender os brinquedos o filho poderia ser morto se abrisse a porta. Ficou tão nervoso que a imagem do filho lhe deixou absorto. Passou um semáforo. O corpo andava, mas a alma desandava.

Ferreira, desatento com o movimento em sua volta, subitamente entrou na avenida. O trânsito normal como todos os dias difíceis para os transeuntes. Imagine para os camelôs. Implacavelmente uma F 1.000 acidentou Ferreira. O motorista procurou no local, identificou o corpo. Francisco Ferreira do Nascimento, nome completo do acidentado. O dono de um mercantil conhecia Ferreira e disse:

– Esse coitado morava no morro. No ano passado morreu sua esposa no meio de um tiroteio entre a polícia e os traficantes. Ele tem um garoto por nome de Jacinto, todos os alunos da escola o conhecem por ser um menino com ideias avançadas e interessantes

A F 1.000, ensanguentada e com o para-brisa quebrado, deixou o motorista nervoso, chamavam-no para prestar depoimento sobre o caso. Outra viatura devolveu o cadáver para a família... O garoto acordou com um policial:

– Você é Jacinto?

– Sim. Por quê?

– Diga o nome do seu pai.

– Francisco Ferreira do Nascimento.

– Olha, aconteceu um acidente com seu pai.

– O quê?

– É, um acidente!

– Como? Cadê meu pai?

– Está na casa do seu tio!

– O que aconteceu com meu pai?

– Ele morreu!

O diálogo foi interrompido, Jacinto procurava dizer com balbúcie algumas palavras, porém não conseguia. Naquele momento "Deus fora cruel" com ele e o mundo tornava-se tão mau. Os amigos foram embora sem deixar endereço, Jaime e a professora Cíntia. Seu pai e sua mãe estavam mortos para sempre. Agora só restava um tio que Jacinto detestava por ser um grosseirão e perverso. Sem lar, sem rumo, sem família, razões graves que passavam na alma de Jacinto, com apenas sete anos de idade.

Aqueles dias foram negros para o garoto que ficara na casa do tio. Oito dias permaneceu ali. A direção da escola nem sequer tomara conhecimento do acontecido. Jacinto ficara na casa do tio por circunstâncias graves, mas o ambiente era alheio para o garoto, e diante das reclamações constantes do seu tio, Zé Ferreira, Jacinto sentiu-se impelido a abandonar aquela casa. Sua última guarita de vida.

A alma do garoto vivia o maior trauma de sua vida. Por que o mundo fora tão inexorável com o pequeno, deserdando-o do amor, da família e dos amigos? Sete anos, um menino nessa idade imita tudo que vê. A escola agora seria o Largo da Carioca, Praça Mauá, no centro da Grande Rio e em outras plagas urbanas.

"O trombadinha"

Às 6h da manhã o garoto despertou daquela primeira noite trágica... Seu lar passou a ser o mundo, seus amigos, os "trombadinhas", como parte das pessoas simples os chamavam. A educação se permutou pela violência.

Jacinto conseguiu rapidamente conquistar a amizade de cinco garotos e duas garotas. Não se deixou levar pela fraqueza psicológica que passava; o que aprendera, o fizera forte e até consciente porque tivera mais oportunidade do que os outros coleguinhas, esses perderam a convivência familiar, os pais se separaram pelo caos da situação financeira, porque a falta de alimentação, de dinheiro, ou melhor, de uma vida digna provocava o esfacelamento das famílias e quem era atirado do morro para os grandes centros eram as crianças.

Os mais fracos sofriam toda espécie de agressão dos mais fortes, mas Jacinto não se deixou levar por essa ideologia, resultado do sistema capitalista. Pensava como um ser humano porque aprendera a pensar. Quando um dos garotos mais fracos era perseguido, Jacinto criava um envoltório em torno da vítima. Uma defesa inconteste que chamava atenção dos colegas. Uns passaram a odiá-lo, outros a amá-lo, natural até entre os adultos.

Nos primeiros dias, Jacinto pedia em restaurantes, lanchonetes, às pessoas que passavam. O "não" amargo dos adultos já embargava nos ouvidos do garoto. As ruas próximas da Av. Presidente Vargas e Central do Brasil tornaram-se conhecidas rapidamente por Jacinto. Conhecera também muitos camelôs. Rafa, George, Nuca, Bira, Zú, Xibiu e Doca eram agora os novos amigos de Jacinto.

"Existe na sociedade brasileira uma parcela significativa de pessoas que defendem o extermínio de menores; e no meio dessa estão policiais dispostos a cumprir a terrível tarefa", disse Herbert de Souza, sociólogo. Jacinto tinha essa consciência, Jaime um dia lhe esclarecera.

Segundo as estatísticas no Brasil são assassinadas quatro crianças por dia. Os grupos de extermínios são pagos por comerciantes e empresários dos grandes centros. Na Baixada Fluminense, há muito tempo, a polícia encontra cadáveres de crianças em estado de decomposição e às vezes só as ossadas. A imprensa não destaca tais fatos, centenas de crianças foram assassinadas, mas a telinha focalizava apenas a política de Brasília, a Economia, e o sequestro de grandes empresários.

Hoje a televisão melhorou, mas ainda continua absorta nos donos de grandes fortunas, nos grandes artistas e políticos corruptos... Toda estatística já é defasada na sua realidade, pois são apenas números oficiais. Os casos omissos são estarrecedores. Lutar contra o tempo e o espaço, contra tudo e todos, "já não sonho, hoje faço com meu braço o meu viver. Solto a voz na estrada já não quero parar meu caminho é de pedra como posso sonhar", dizia Milton Nascimento.

O que restava para aqueles garotos? A prostituição, a fome a enculturação, as drogas, a marginalização, a cadeia, a tortura, a angústia, a miséria, o ódio da sociedade, o desprezo de muitos, o descaso dos governos, o suicídio, a extinção (morte), enfim toda sorte de maus tratos possíveis que se registrou até hoje na história da humanidade. Jacinto e seus colegas estavam expostos a este cataclismo social.

Na Candelária, os garotos dormiam, mas de repente dois meninos desconhecidos correram com medo da polícia por estarem cheirando cola numa esquina. A polícia não dava bola para questão e seguia em frente. Jacinto era o único a acordar e ver o incidente, entretanto continuava a dormir, estava no crepúsculo do sono.

O medo o fazia sonhar com pai e mãe que estavam num cume de uma montanha iluminada e no vale Jacinto sentia a necessidade de subir até o topo, mas não encontrava forças. Um leão lhe perseguia e ele apavorado gritava:

– Mamãeêêê – o eco ia longe.

Os animais suspenderam o avanço e pararam.

– Papai! Mamãe, mamãe, socorro!

Nesse momento, Jacinto percebeu que as feras apenas observavam e decidiram correr pela lateral sul. Os reis da selva acompanharam galopando. A luz do alto da montanha resplandecia e coloria o espaço aéreo. O garoto corria e as feras no seu encalço o faziam subir numa mangueira destemperadamente. Os inimigos carnívoros faziam um barulho enorme e insultuoso.

Inconformados com a audácia de Jacinto, mordiam a árvore e brigavam pelo espaço, a onça tentou subir, mas não conseguiu. De repente Jacinto sentiu uma vontade prazerosa de voar, ensaiava no topo da árvore e conseguia o que queria, sentia-se no espaço como uma ave e se dirigia para a luz que lhe encadeava. A emoção de ver os pais era tão grande que o garoto chorava. Maria chamava suavemente.

– Venha, meu filho!

O pai sorria como naquele dias que o pegava na escola, nunca lhe negara um abraço e um beijo, e ainda brincava de "esconde, esconde". Jacinto voava a uma altura de vinte e nove metros, parecia um êxtase viver tudo aquilo: "seus pais estavam vivos" ali. Um voo aprazível, aventura gostosa, mas para o pobre "o que é bom dura pouco". Já próximo de seus pais, faltando apenas dez metros, a festa acabou. Jacinto deu um grito que ecoou na "eternidade" e despertou os colegas.

– O que é isso, Jacinto? – assustou-se Bira.

– Eu vi minha mãe e meu pai.

O garoto estava suado e chorava ardentemente. O resto da madrugada denunciava "aos deuses" o que a humanidade vinha fazendo com sua infância. Xibiu não se conteve, danou-se a chorar simultaneamente. Os outros adormeceram novamente sobre os jornais e uma tanga velha que uma tia do morro de Santa Marta dera para turma.

O frio torturava as crianças e uma chuva tempestuosa com relâmpagos e trovões anunciava mais infortúnios. A claridade dos relâmpagos fazia Jacinto lembrar-se do sonho. A elite da Candelária estava imune aos riscos daquela tempestade, desejava que um raio matasse os "trombadinhas" que durante o dia lhe assaltavam.

Os jornais serviam como custódia para o frio, mas eram vulneráveis à chuva. Uma chuva de vento caía no Rio de Janeiro sem piedade dos garotos e dos que moravam em barracos nos morros.

Jacinto chorava porque ainda não se adaptara às torturas que a sociedade lhe impusera. A injustiça era tamanha que era capaz de fechar a alma de uma criança, fazendo-a perder a sensibilidade humana imediata... Petrificando o coração. Não existe outro caminho, as instituições governamentais que dão "segurança e bem estar" às crianças abandonadas são muitas vezes escolas para criminosos. O que existe em alguns ambientes é violência sexual e uma formação repressora para essas crianças e uma pedagogia obsoleta.

Aquela foi uma noite deveras implacável que acossara o corpo e a alma daquelas crianças a viver a injustiça social dos países em desenvolvimento. Pela manhã Bira acordou a turma:

– Vamos para Central.

– Fazer? – interrogou George ainda meio sonolento.

– Ué! Arranjar comida – adiantou Bira.

O último a levantar foi Jacinto, seus olhinhos vermelhos deixavam transparecer sua noite de angústia. Acompanhou os meninos numa languidez e a turma percebeu seu estado depressivo.

– Ele sonhou ruim esta noite – provocou Bira.

Jacinto caiu no choro inconsolável, Xibiu acompanhou o ritmo.

– Menino molenga – inquiriu Nuca.

– Não, ele não tá é acostumado com essa nossa vida de rua – respondeu Zú.

Um momento patético na vida daqueles garotos que dissimulava a depressão de Jacinto, pelo menos aparentemente. Doca acariciava Jacinto como um irmão. Os cabelos do moleque eram lindos e sua beleza física atraía a atenção de todos.

O GURI conquistou a turma com seu jeito carismático de conversar e compreender os outros. Todos o amavam. O afeto que todos tiveram naquele momento com o pequeno o fizera esquecer a noite horrível que vivera.

Com isso, Jacinto se conteve e seguiram para a Praça Mauá. Em seguida, o Largo da Carioca. A movimentação na Central do Brasil pela manhã era intensa, as crianças aproveitavam o momento para fazer pequenos furtos na banca de camelôs e bolsas de alguém que passava de bobeira.

Assaltar camelô não; assaltar executivo sim

Duas semanas depois Jacinto ainda não se adaptava ao sistema, mas estava consciente do que aprendera na sua vida. Segundo algumas pesquisas, a criança até o seis anos formata 60% de sua personalidade. É como se essa criança se tornasse pai do adulto.

No contexto, Jacinto recebera educação do seu tio, Jesualdo, na Paraíba, entre três e seis anos de idade. Além do mais, seus pais tiveram esse mesmo cuidado com o menino, não permitia o roubo. Ele comia o que os outros davam, mas a pressão dos colegas fizera-o raciocinar.

– Olha, nós vamos se reunir, todos sete, tá?

– Pra quê, reunião? – protestou Bira.

– Eu quero discutir com vocês uma coisa!

– Que coisa? – entusiasmou-se Rafa.

– Pra gente pensar a quem fazer os assaltos.

– Ora, tu ainda não roubou nada, se não fosse a gente tu tava era passando fome – acusou Nuca.

– Qualquer dia a polícia te pega, de besta que tu é – profetizou George.

– A gente tá se escondendo da polícia e ele tá é olhando os prédios – fulminou Bira.

– Tá bom, você tem razão!

– Pode falar que Zú já chegou – avisou Rafa.

Jacinto passara a noite remoendo como assaltar para viver se a consciência não deixava. Lutou consigo mesmo e tentou achar uma lógica, no máximo uma janelinha na consciência.

Assaltar camelôs jamais, assaltar operários nunca, pessoas simples, velhinhos e aposentados também não. Eles também estavam sobrevivendo do sistema que os marginalizou dentro de suas leis. Nós estamos fora da lei, porém a necessidade é maior. A fome, então, o jeito é procurar pessoas que usem paletó, ou sei lá, que andem mais bonitos, que saiam de carros novos. Assim Jacinto chegou a uma conclusão nas suas lucubrações.

– Bom, é o seguinte... – ficou estático.

– Fala, Jacinto – empurrou Bira.

– Bom, eu não sei assaltar qualquer pessoa que seja pobre porque coitado de um camelô, aposentado ou um velhinho...

– E de quem nós vamos tomar as coisas agora?

– Dos ricos – esclareceu Jacinto.

– Ora, os ricos entram nos estacionamentos de carros e já sobem nos prédios – desanimou Nuca.

– Mas, já tem outros que não – ponderou Rafa.

– Pode ser os de paletó, de roupa bonita, esses tem dinheiro – iluminou Nuca.

– Vamos deixar de conversa e vamos logo, eu já tô é com fome – adiantou George.

Os garotos saíram da praça Mauá e subiram pela Presidente Vargas.

– Vamos à Travessa do Ouvidor, um dia desse eu roubei uma véinha cheia de dinheiro – lembrou Nuca.

– Esqueceu do esquema? – interrogou Jacinto.

– Que nada. Isso não vai da certo! Nós vamos passar fome – reclamou Zú.

– Vai sim! – animou Jacinto que estava ainda com medo.

Desistiram da Travessa do Ouvidor e foram para o Largo da Carioca.

– Lá passa gente apressada e a gente nhaco! – ensaiou Nuca.

– Mas tem que ser gente fina – recomendou Jacinto.

– E o que é gente fina! É magra? – ironizou Nuca.

– Nuca, quando é que você vai levar as coisas a sério? – reclamou Rafa.

– Hoje o dia tá bom. Não vai chover. Da pra conseguir um bocado de coisa – diagnosticou Bira.

No Largo da Carioca se espalharam dois a dois. Jacinto ficou com Doca. Rafa saiu com Nuca, George com Bira, Xibiu com Zú. Nesse tipo de aventura o garoto praticava sozinho no genérico e outras vezes ajudado pelo colega. Jacinto e Doca passaram fome naquele dia, pois eles eram os mais passivos da turma para roubos. Não tinham a coragem dos outros garotos. Jacinto por questão de consciência e Doca por ser um menino lânguido e tedioso (sofria de hipotensão). Rafa e Nuca pegaram a bolsa de um velho e saíram correndo.

– Esses trombadinhas deveriam ser fuzilados, um por um, roubaram minha bolsa, meu carnê e meus documentos – metralhou o senhor idoso.

Umas três pessoas ainda observaram a ação dos garotos, mas não reagiram. Os dois lembraram do trato feito com Jacinto, mas já era. Recolheram o pouco dinheiro que tinha na bolsa e abandonaram-na numa rua próxima da Presidente Vargas. O dinheiro serviria para a turma comer uns dois dias.

– Nós não vamos falar pros outros – disse Nuca.

– Não, nós somos uma turma unida agora, tudo o que a gente conseguir a gente fala pros outros e distribui, pois eles também vão dividir com a gente o que conseguirem – moderou Rafa.

Nuca arrefeceu e acatou a contraproposta do outro. George e Bira furtaram sonhos e maçãs, mas comeram logo. Ainda assaltaram uma moça, porém na sua bolsa só tinha documentos e vale transportes. À tarde ganharam um *hot dog* numa lanchonete e dividiram.

Xibiu e Zú, meninas tímidas, apenas pediam e até que conseguiam: cachorro-quente, pastéis, restos de frutas e comidas nos restaurantes. Xibiu tinha apenas onze anos e Zú completara nove. A primeira se prostituíra aos seis anos quando ainda morava no Morro de Santa Marta. Agora, com essa idade, os seios estavam se desenvolvendo e atraía os mafiosos do sexo.

Naquele dia, enquanto Zú se afastou uns quarenta e cinco metros no Largo da Carioca, Xibiu pede um cachorro-quente a um rapaz decente com aparência de executivo que ficava a lhe observar os seios, as pernas da garota e o seu jeito de menina... Mesmo na situação em que se encontrava de miséria absoluta, Xibiu tinha um jeito maroto de encanto.

Quando vivia em casa seu pai tentou lhe estuprar e a mãe, com ciúmes, a expulsara de casa. Há três meses que a menina vivia entregue ao mundo, ao "Deus dará". O sexo a salvara da fome muitas vezes, alguns caras usaram camisinhas. Outros não. Praticavam sexo com violência e quando a pequena cobrava o preço do prazer levava pontapés. A angústia, o medo, a fome, a nudez e os escárnios todos os dias, fazia Xibiu sofrer na alma e no corpo. De repente alguém lhe trouxe uma proposta "interessante".

– Como é seu nome? – interrogou o rapaz.

– É Vanda – simulou a menina.

– Tua idade?

– Onze anos!

– Já fez sexo alguma vez?

– Já, mas agora eu só vou com dinheiro na frente – adiantou Xibiu.

A experiência da garota não obstruía sua timidez por completo, mas mesmo com medo se encorajou e encarou o mafioso.

– Calma, Vanda. O negócio é o seguinte: eu vou te levar para um lugar maravilhoso. Inesquecível, lá não vai faltar comida, nem roupa. Você vai usar os melhores calçados. É um lugar onde acontece muitas festas, muito bolo, torta, pudim, pizza e muito amor, é o que não vai faltar pra você – fantasiou o mafioso.

– Não. Eu não vou – resistiu Xibiu.

– Por que não?

– Ah! Eu só ia fazer sexo com você com o dinheiro na frente – insistiu a menina.

– Lá você vai comer muito e viverá com muito dinheiro no bolso. Você vai ser rica – continuou o rapaz.

– Onde fica isso? – quis saber Xibiu.

– Não se preocupe, você vai andar muito de carro, passear, conhecer muitas cidades lindas. Vamos para o carro conversar – chamou o mafioso.

– Tá bom, vambora – aceitou Xibiu.

A menina ainda deu uma olhada pra ver se via Zú, mas não viu, então ela se distanciara mais um pouco dali. Entraram no carro, o rapaz ligou o som para distrair a garota, acelerou o carro e sumiu em direção à Zona Sul da cidade e então chegaram num apartamento. O mafioso entrevistou a garota sobre sua vida no que se referia a sexo. Xibiu afirmou que nunca tinha transado com adulto, só com meninos do seu tamanho, isso deixou o mafioso mais satisfeito.

– Há quantos meses sua mãe lhe expulsou de casa?

– Tá com um mês – dissimulou Xibiu.

– Você tá mentindo, garota.

– Não, eu não tô mentindo e, além disso, se você quer saber eu só transei uma vez com um menino de 13 anos.

– Agora a pouco você disse ter transado com dois, essa história tá furada.

– É, foi mesmo com dois, um de doze e outro de treze anos – concordou Xibiu.

– Bom, agora vá tomar banho e se esfregue bastante para tirar o grude, se precisar de uma ajuda é só me chamar – sacaneou o rapaz. – Em seguida vista essa roupa nova para a gente passear.

A garota tomou o banho com vibração e simultaneamente com uma pseudestesia, algo que não estava lhe cheirando bem... Depois de se vestir, alimentou-se de presunto e queijo. Enquanto isso observava o cara que estava no telefone fazendo uma ligação para São Paulo. O cenário da sala não atraía, não tinha sequer uma cadeira para sentar, as paredes estavam úmidas e o piso há muito não era varrido. Na sequência, ele chamou a garota para o quarto:

– Tire a roupa e deite-se.

A menina obedeceu prontamente, o mafioso apalpou os seios, mexeu no sexo, mas não quis fazer sexo. Ele sentia mais atração pelo dinheiro do que pelo sexo: ainda mais que era "encomenda" do chefão.

– Agora vista a roupa e vamos embora!

– Pra onde?

– Não se preocupe.

A garota já não reagia, mas a partir daquele momento se tornou passiva e submissa, entregue nas mãos do bandido. A noite linda se aproximava, o vento, com cheiro do mar a excitava...

O movimento da cidade naquela sexta-feira era enorme. O mafioso desceu a escada com Xibiu toda bonita, com uma roupa para a menina. A existência do guarda-roupa era proposital... Lá só tinha roupa para meninas de 10 a 13 anos. Entraram num carro (celta branco) com fumê bem escuro. O traficante se direcionava para a Avenida Brasil. Colocou uma fita de música sertaneja em toda altura para emudecer o diálogo, seguiu a Via Dutra no mesmo ritmo. De repente o carro entrou numa estrada carroçal. Xibiu ficou nervosa, baixou o volume do toca fitas e gritou:

– Você vai me estuprar e me matar, né?

– Não, meu anjo. Calma! Estamos chegando em casa.

A floresta provocou medo na garota e ela chorou.

– Meu bem, não tem problema, tá lembrada do que eu disse? Você vai ter uma vida de menina rica e terá tudo o que você quiser.

Chegando a uma encruzilhada, o rapaz pegou a estrada pela esquerda e depois de quinze minutos chegaram a uma mansão. Uma casa de alpendre em todas as suas laterais, com bicas, piscinas, sauna, um jardim encantador, com fruteiras por todos os ângulos, sala de recepção, piano, adega e com o luxo de um grande mafioso. Uma verdadeira fortaleza, dentro de um muro de seis metros de altura, guarnecida por uma equipe de caras musculosos, armados com fuzis e metralhadoras, de sobreaviso contra o inimigo.

A pequena chorou, mas se pasmou diante de tanta riqueza. Quando o carro estacionou, um guarda abriu a porta e levou Xibiu dizendo que ela era muito simpática e que o "príncipe" iria gostar. No escritório, a traficante e o mandatário confabularam:

– Está aí sua mercadoria, me deu muito trabalho... Escolhi uma menina quase virgem com apenas onze anos, tá no jeito que você pediu, agora eu quero os meus mil dólares.

– Mas eu quero ver o broto primeiro.

Observou a menina de cima para baixo, que estava na sala, e gostou da qualidade da "encomenda". Voltaram para o escritório, o traficante recebeu os dólares e disse:

– Na próxima semana eu trago outra.

– Beleza! Traga exatamente na sexta-feira, pois minhas orgias são realizadas nos finais de semana.

O mafioso pegou o carro e sumiu. Foram três dias de orgias com a menina, fez do que fez o senhor da máfia. No domingo à noite deu alguns cruzeiros que dava para comprar dez *hot dogs*, em seguida devolveu a garota para Duque de Caxias num carro bem fechado, com fumê, e um sujeito mal encarado. Um dos guardas força Xibiu a sentar no banco traseiro. Ela disparou num choro inconsolável.

– Assim não, cara! Uma menina como essa precisa de carinho – insinuou o motorista e acrescentou – Calma, meu coração, vamos só passear.

– Eu quero voltar para Candelária, lá tá meus amigos.

– Tá bom, meu. Daqui a pouco a gente chega lá.

– Vou só tampar sua vista pra depois não identificar o local que você se encontra agora pra polícia.

– Não! Não me mate – Não! Não! Não!... Ã, ã, ã.

Vedaram os olhos da menina e com um lenço tamparam a boca de Xibiu e se direcionaram para a Via Dutra. Foram para Duque de Caxias e após doze horas da noite terminaram a operação. Derramaram a menina apontando uma arma.

– Meu bem, agora você está livre, desça do carro sem chiado, sem choro e sem nenhum barulho senão morre – ameaçou um dos caras.

A menina desceu do carro com aquela roupa elegante, procurou alguns jornais e se encaminhou para a rodoviária urbana de Duque de Caxias, se encostou numa das pilastras e chorou amargamente. Ficou ali perambulando por alguns dias, levando a mesma vida de antes. Enquanto isso os que ficaram...

Bom, existem outros tipos de máfia do sexo, onde três ou quatro intermediários recebem pela "encomenda" antes que ela chegue no chefão, cada um ganha em dólares e o objeto é geralmente meninos ou meninas que recebem a menor parcela. Quando os mafiosos não assassinam os garotos dão dinheiro para comprar, às vezes, um cachorro-quente. Esse tipo de coisa acontece nos países em desenvolvimento, já no Primeiro Mundo os casos parecidos são distantes.

O velho Agenor

A pequena Zú conseguiu um cachorro-quente numa lanchonete e uma senhora simpática lhe entrevistou:

– Você mora onde?

– Na rua.

– Seus pais?

– Em Santa Marta, vivem separados.

– Você vive sozinha na rua?

– Não! Tenho sete amigos.

– Onde fica durante a noite?

– Na Candelária.

– Cadê os outros?

– Ah! Estão espalhados por aí.

– Você quer um suco?

– Quero!

– Já comeu alguma coisa hoje?

– Já! Um cachorro-quente e um pastel.

– Bom, já que não posso fazer algo por você devida-
mente, apareça sempre aqui nesse horário entre quatro e

cinco horas da tarde que eu darei alguma coisa para você comer – propôs a senhora.

– Sim! Eu venho!

Zú não agradeceu porque sua educação fora obstruída, não permitia uma abertura de sua simpatia para com os outros. A criança quando não recebe carinho, educação, alimentação necessária se animaliza e perde a maneira humana de viver e conviver porque o mundo omitiu o seu direito universal de vida em plenitude. A pequena procurou os garotos e não encontrou, ficou divagando até às 18h. Sentiu-se só. A companhia dos colegas e da Xibiu traduzia um afeto familiar. O sumiço de Xibiu já preocupa Zú. Às 18h35 Jacinto e Doca assustaram a menina dando um grito teatralizado por trás.

– Cadê Xibiu? – interrogou Jacinto.

– Sumiu faz umas três horas.

– Deve ter ido fazer sexo – disparou Doca.

– Será se os machos usam camisinhas com Xibiu? – quis saber Jacinto.

– Isso eu não sei, Jacinto – e assegurou – Eu já tentei, mas ela nunca me deu.

– Você não é grande – desafiou Zú.

– Você é que pensa, já tô criando cabelos no piru. Quer ver? – foi baixando a roupa e mostrando o pênis para Zú ver.

– É mentira, tu só tem onze anos, Doca, e isso é pelo branco, minha mãe me falou que o homem só tem cabelos pretos no piru depois dos treze anos – afirmou Zú.

– E mulher? – quis saber Doca.

– Ué! Até com onze anos.

Jacinto observava aquele papo na maior naturalidade. Estava mesmo era preocupado com o resto da turma. Às 7h20 Rafa e Nuca chegaram. O primeiro entregou o dinheiro do roubo a Jacinto.

– Eu não quero – se perturbou Jacinto. – Se nós somos irmãos você pode comprar lanche para a gente – resolveu Jacinto.

– O resto eu fico guardando – disse Nuca.

– Não. Eu fico – afirmou Rafa com convicção.

Nesse momento Bira e George se aproximaram. Bira foi logo adiantando:

– Nós roubamos a bolsa de uma moça, mas só tinha vale transporte.

– A gente vende barato e compra o que comer – entusiasmou-se Jacinto.

– Se fosse vale comida era melhor – declarou Bira.

– Eu tô é com uma fome da porra – berrou Doca. – Nós não conseguimos nada.

– Logo com Jacinto, nem pedir ele sabe – inquiria Nuca.

– Por isso é que ele tem que ser o tesoureiro – afirmou Rafa.

– E o que é tesoureiro? – interrogou Zú.

– É o que fica com o dinheiro – retrucou Nuca.

– E quem tem dinheiro? – perguntou Bira.

– Nuca – Rafa respondeu.

– Bom, gente, vamos comer qualquer coisa – coordenou Jacinto.

– Vamos – todos responderam.

A preocupação da turma com Xibiu era a mínima possível, pois de vez em quando ela sumia. Na lanchonete, a discriminação e a desconfiança dos adultos para com as crianças adiciona mais dois tópicos da cultura social brasileira, humilhando aqueles garotos que apenas querem o espaço e o direito de viver.

– Nós queremos sete *hot dogs* e quatro refrigerantes – solicitou Rafa.

– Como?

– Quatro refrigerantes e sete cachorros-quentes.

– Eu não entendi...

O dono da lanchonete, dissimulando sua desconfiança, disfarçava dizendo que não tinha entendido. Jacinto pegou o dinheiro da mão de Rafa e mostrou para o dono da lanchonete e disse:

– Já que o senhor não pretende nos vender, o vizinho nos atenderá.

– Não, que conversa, o que vocês pediram o garçom está preparando.

– É tarde, muito obrigado.

Na outra lanchonete o proprietário serviu com generosidade.

– Oh! Vocês conseguiram alguma coisa hoje?

– Sim – adiantou Jacinto. – Nós queremos sete *hot dogs* e quatro refrigerantes.

– Tudo isso? – admirou o garçom.

– Ué! São sete pessoas – respondeu Zú.

Depois do lanche, Jacinto quis saber:

– Estão todos satisfeitos?

– Estamos!

– Sr. Agenor, aqui tem algum pedaço de cobertor ou algum pano pra gente não dormir ao relento?

– Você é inteligente, Jacinto. Usa palavras de alto nível! Bom, vou tentar conseguir alguma coisa – vasculhou na dispensa e encontrou um cobertor velho.

– Eu só tenho isso!

– Beleza, sr. Agenor! Muito obrigado – agradeceu Jacinto.

Rafa e George andavam com um saco de plástico com panos encardidos que dava para cobrir os garotos em partes e o cobertor ajudaria a forrar o chão adicionando com jornais deixados pelos camelôs na rua. Os garotos estavam excitados diante do que presenciaram, uma utopia dramaticamente possível: conseguir dinheiro e "comer bem" à noite, como Jacinto coordenara.

Conseguir um cobertor para dormir e no futuro, quem sabe, uma roupa, uma casa, um lar. Um lar que toda criança precisa para crescer com equilíbrio, psicológico, físico, social e espiritual.

Durante a noite, uma patrulha de outros garotos "trombadinhas" passaram perturbando os nossos amigos. Só Zú que dormia. Os seis meninos levantaram de uma vez quando a patrulha arremessou uma pedra no portão de ferro de uma casa comercial; justamente onde eles estavam. Felizmente não feriu ninguém.

Jacinto não dormiu tranquilo, lembrou do sonho e desejou que acontecesse novamente. Sentiu a responsabilidade na pele quando pensou na confiança que a turma lhe depositava. Preocupou-se com o sumiço da Xibiu. O mundo começava a ser hostil. A perda lhe deixou tenso e só conseguiu cochilar depois das 3 da madrugada. O nervosismo que saldara do dia provocou sonhos cataclísmicos.

Mais uma noite de horror para uma criança abandonada no abismo que a injustiça social cavou para os miseráveis. Depois das 4 da madrugada, com o adicionamento de mais uma tortura, o frio. Os corpos daquelas crianças tremiam exacerbadamente, os dentes produziam uma onomatopeia natural. O vento congelava aquelas almas. O coração humano, quando é muito machucado, torna-se sólido como as pedras de gelo do Polo Norte. O sentimento se esvazia e a apatia toma conta do ser humano, pode até descongelar no verão do espírito ou na primavera da alma, mas a hostilidade do mundo, mesmo dentro do verão, pode reproduzir um inverno ou um outono no coração de uma criança ou de um adolescente.

Esse fechamento causa irracionalismos para a sociedade "normal". E como a sociedade chama de bandido, de elemento ou de trombadinhas se ela mesma destruiu sua consciência, essa premissa é verdadeira a consciência não funciona sem o sentimento natural, o tempero da alma – consciência.

Naquela situação deprimente todos ficavam grudados uns nos outros, a falta de carinho, de calor humano produzia uma dependência entre eles porque de certa forma acontecia naturalmente uma iniciação sexual, pode-se dizer até por circunstâncias penalizantes, embora isso possa ser considerado natural nos lugares quentes de clima tropical para crianças de sete a doze anos. O mais importante é que existia o afeto de um para com o outro e isso sustentava a unidade do grupo.

Viver sozinho não era possível. Nessa noite, enquanto os outros dormiam, Bira mexeu com Zú, ela não aceitou, ele insistiu e ela continuou na dela mesmo querendo o ato. Alguém tentou levantar e os dois simularam um sono.

Às 7h o frio cessou com a chegada do sol, que começou a esquentar, mas era o necessário para a turma se levantar novamente no oceano das desilusões, da violência e da vida marginal. O último a se levantar foi o Bira e Doca acusou:

– Você tava mexendo comigo essa noite e com Zú também; cuidado, hein!

– Mentiroso! – retrucou Bira, com raiva.

– Foi mesmo! – completou Zú.

– E você, não ajude, seu capim assado – xingou Bira.

A garota avançou pra cima de Bira dando murros porque odiava aquele apelido que ganhara no morro.

– Bira vai bater nela! – gritou Nuca.

Doca se meteu e apartou a briga, entretanto sofreu um soco no nariz que o sangue espirrou. Jacinto rodeava a

Igreja da Candelária quando viu Bira correndo, percebeu que algo tinha acontecido e imediatamente foi ao local.

– O que aconteceu? – Jacinto queria esclarecimento do caso.

– Bira bateu nele e sumiu – disse Rafa.

– Ele tem que sair do nosso grupo – sugeriu Zú.

– Mas por que ele fez isso?

– Porque, essa noite, Bira tava mexendo com ele e Zú, e xingou Zú de capim assado – elucidou George.

– Um grupo não pode conseguir as coisas assim. Xibiu não apareceu. Bira saiu correndo; daqui a pouco desaparece outro. Tem que haver união, senão a gente não consegue nada – dissertou Jacinto.

Enquanto Jacinto admoestava a turma, Rafa limpava o sangue que escorrera do nariz de Doca. Em seguida, Jacinto sentou na calçada, baixou a cabeça e seus olhos ficaram vermelhos. Zú percebeu a tristeza de Jacinto, levantou a cabeça acariciando e disse:

– Eu não vou brigar mais porque eu gosto de você.

Deu um beijo no rosto do garoto mais novo da turma e saiu. Aquele gesto de Zú vitalizou a alma do moleque. Jacinto levantou e deu as coordenadas.

– Bom, o cobertor e os dois panos eu vou arranjar um local pra guardar. Zú fica comigo juntamente com Doca, hoje eu vou pedindo mesmo. E vocês tentem com o mesmo esquema, ok? Bira vai aparecer à noite. Vocês vão ver!

– Eu vou descontar o murro – ameaçou Doca.

– Quando você se acalmar, vai saber perdoar. Doca, você tem um coração bem grandão que eu sei – apaziguava Jacinto com a mão no ombro de Doca.

– Não vou perdoar fácil, só se ele pedir desculpas.

– Bira não é mau, assim que ele aparecer eu falo com ele, Jacinto, o negócio é que ele ficou com muita raiva – ajudou Rafa.

– Isso mesmo! – concordou Jacinto.

– E Zú perdoa? – provocou Nuca.

– Só se ele me prometer de não me chamar mais de capim assado.

– Tudo bem! Agora vamos trabalhar – articulou Jacinto.

Naquele dia de sábado de sol quente a temperatura se elevara. As praias ficariam lotadas com certeza. Um dia bom para o carioca, já que entre maio e agosto as praias diminuem o fluxo de banhistas por causa do inverno. O tempo é mais frio, logicamente. Nuca, Rafael e George se dirigiram para as barcas. Jacinto, Doca e Zú ficaram ali até às 9h e pediram ao sr. Agenor para guardar a sacola de pano.

– Beleza! Eu guardo com todo carinho que vocês merecem, peguem até às 10h porque até às 10h30 eu fecho, ok?

– Obrigado, sr. Agenor – agradeceu Jacinto.

– Não precisa agradecer – salientou Agenor.

A turma sentiu firmeza nas palavras de sr. Agenor e a partir daquele dia a lanchonete seria o ponto de apoio, pelo menos para guardar volumes. Saíram em direção à Praça Quinze, mas estava tumultuada com um acidente que acontecera a poucos minutos, a polícia fazia a perícia no local. Havia um morto e dois foram para o hospital. Um gol se chocara com um carro da prefeitura. Os meninos ficariam assustados ao ver os policiais e saíram de mansinho.

Jacinto, nas suas elucubrações, lembrou a primeira vez que pedira comida e a senhora dissera que não tinha nada a ver com o caso dele. A angústia voltou, Zú percebeu o estado depressivo do pequeno.

– O que foi, Tinto? – as lágrimas correram e Jacinto respondeu:

– Tava lembrando do que aconteceu quando saí pedindo comida a primeira vez, quando uma senhora me respondeu que não tinha nada a ver comigo e como eu vou saber pedir novamente. Esse fato ficou marcado na minha memória.

– Não, Tinto, eu vou pedir no seu lugar e vou conseguir, você vai ver – consolou Zú.

– Mas se um dia eu ficar só, vou passar fome. O mundo tá todo contra mim, nem pai nem mãe estão do meu lado. Eu só tenho um tio no Rio de Janeiro e ele é tão ruim. Lá na Paraíba eu tenho um tio, verdadeiro, maravilhoso, se ele soubesse da minha situação já tinha vindo me buscar, daí surgiria outro problema: e vocês como ficariam? Eu nunca tive irmãos. Vocês são os meus irmãos, principalmente você, Zú.

Nesse momento Zú sorri porque queria ouvir justamente isso. Queria ser amada por Jacinto.

– Você nos leva para a Paraíba? – interrogou Doca.

– Sim! Sim! Eu levarei... Mas como? Será se ele vai me achar aqui no Rio de Janeiro?

– Você morava onde? – quis saber Doca.

– Na Favela da Rocinha.

– Então vamos lá amanhã, saber alguma coisa, se teu tio da Paraíba já sabe... – sugeriu Doca.

– É uma boa ideia! Doca, sabe, não tinha pensado ainda nisso.

Enquanto os dois conversavam, Zú saiu pedindo e meia hora depois voltou com uns trocados.

– Eu já comi um pão bem grade com manteiga.

– É mesmo? – admirou Doca.

– Toma, Jacinto, compra um pão pra vocês.

– Obrigado, Zú! Você é muito gentil – agradeceu Jacinto.

– Ela gosta muito de você – diagnosticou Doca.

– Eu gosto de todos vocês – finalizou Jacinto.

Na realidade Zú adorava Jacinto, só queria dormir juntinho dele. Já os meninos se sentiam bem perto do moleque. Jacinto era a mascote da turma. Uma espécie de segurança para a patrulha. Certamente sua cultura desmistificava muitas dúvidas e suas ideias eram concatenadas pelo conhecimento que possuía.

Os dois comeram pastéis, beberam água e subiram para o Largo da Carioca juntamente com Zú. Os três que seguiram para as barcas já se encontravam no local.

– Roubei uma bolsa, tinha pouco dinheiro e uns trinta documentos – afirmou Nuca. – O dono era gordo e não correu atrás da gente, mas disse que ia mandar matar a gente – advertiu Rafa.

– Eles mandam matar mesmo – acrescentou Jacinto. – Um dia meu tio disse que existem grupos de extermínios de menores no Rio e em São Paulo.

– O que é grupo de termino? – perguntou Zú.

– O nome é extermínio, Zú. Bom, são grupos de assassinos contratados por comerciantes, industriais e ricos do Rio do Janeiro, formados por policiais e pessoas comuns que ganham dinheiro para fazer o serviço. Com essa agora nós temos que mudar de área – advertiu Jacinto.

– E nós vamos para onde? – quis saber Doca.

– Sei lá, Copacabana, Tijuca, mas só segunda-feira, amanhã nós vamos lá na casa do meu tio ruim, eu quero saber do outro meu tio, acho que ele soube que perdi até meu pai e estou nessa situação.

– A gente fica aqui, vai você, Zú e Doca – disse Rafa.

– Beleza – concordou Jacinto.

– Nós ramos para Paraíba, Nuca – entusiasmou-se Zú.

– Como? – queria saber Nuca.

– De qualquer jeito, pra casa do tio de Jacinto.

– Ah, se fosse mermo – hesitou Nuca.

– Essa vida não vale merda, qualquer lugar seria bom pra nós, num orfanato – afirmou Rafa.

– Bom, isso é só um sonho – preveniu Jacinto. – Vocês são meus únicos amigos e irmãos. Eu nunca tive um irmão na vida.

– Eu gostaria de levar todos para casa do meu tio, mas não sei se ele vai aceitar quando ele souber que estou na rua vai fazer qualquer coisa. Amanhã eu pego o endereço do meu tio – esclareceu Jacinto.

O menino nunca escrevera uma carta para alguém. Pela primeira vez ele sentiu a possibilidade de escrever para o tio e ser socorrido daquela vida. A ideia mirabolante de Jacinto, levar todos para o Nordeste, foi apenas ligeira utopia para aqueles meninos que viviam à margem da sociedade. Embora, um tio da estirpe do Jacinto, fosse raríssimo. Durante à tarde, todos se espalharam, até Jacinto ficou só. Voltou para a Candelária e pediu água ao sr. Agenor.

– Você já comeu hoje?

– Só um pão com manteiga, sr. Agenor.

– Cadê os outros? – procurou saber o dono da lanchonete.

– Ficaram lá pelo Largo da Carioca.

– Então, você vai comer mais um pouco – disse sr. Agenor.

Os dois conversaram bastante. Jacinto falou dos seus problemas.

– Sr. Agenor, Deus vai me ajudar, meu tio virá me buscar e se eu puder levar pelo menos a Zú eu levarei, porque eu já cheguei à conclusão de que pra levar meus colegas a coisa se complica.

– Eu vou lhe ajudar – apartou Agenor.

– Obrigado, muito obrigado, sr. Agenor, pela sua gentileza.

– Se eu pudesse tiraria vocês todos da rua, mas eu não tenho a condição necessária para tanto. Por isso, só faço o que posso. Se a sociedade fizesse a sua parte vocês não estariam sofrendo desse jeito. Meu filho, o problema é que os grandes empresários e latifundiários cometem grandes injustiças com os operários, pagando um salário baixo. As construtoras e muitos políticos desse país roubam 50% do nosso orçamento. Enquanto isso 40 milhões de brasileiros vivem em estado de miséria absoluta. Eu estou falando assim porque você assimila bem esses números, não é?

– Sim. Meu tio Jesualdo já falava de um dragão que devorava o pobre lentamente, o sistema financeiro. E o Brasil é o país onde existe a maior desigualdade social do mundo.

– É isso mesmo, Jacinto, eu conheço gente com o Ensino Fundamental completo, 30 anos e não entende nem a metade do que você conhece. Você vai longe, Jacinto – resultou Agenor.

– O problema do Brasil se chama educação, o governo brasileiro nunca priorizou a ciência e a tecnologia. Só agora no governo Lula estamos caminhando melhor.

– No governo de João Goulart o Brasil ia tomar rumo também – apartou sr. Agenor.

– É, mas a ditadura militar não aceitou e exilou o homem. E ainda tem uma coisa, sr. Agenor, nossa educação está defasada em sua pedagogia. O aluno só ouve. Ora, o aluno está na sala de aula é pra criar, porém o professor continua como um simples emissor de matéria e o aluno apenas um receptor.

– Eu sinto um prazer enorme quando converso com você. Jacinto, você é um gênio!

– Não, sr. Agenor, é porque eu tive mais oportunidade de crescer intelectualmente, coisa que meus colegas jamais tiveram. Pra mim gênio não existe. Existe sim uma tendência do ser humano para alguma coisa que seja interessante e se o ambiente favorece o sujeito desenvolve o seu potencial.

– É modéstia, Jacinto. Qual seu sonho quando crescer?

– É lutar contra tudo aquilo que oprime o ser humano, as nossas leis não dão direito ao pequeno. O latifúndio herdou grandes fortunas e terras através da corrupção dos seus antepassados, o empresário que se tornou grande em cima do suor dos operários, esse tem mais chances de enriquecer ainda mais, pela Bolsa de Valores, o senhor percebe isso? Nossas leis dão minúsculos direitos sociais a quem trabalha e maiúsculos direitos que escravizam o pobre. E os grandalhões que possuem grandes empresas são esses grandalhões que fizeram as leis.

– Menino, você disse tanta coisa verdadeira que eu estou pasmo, onde aprendeu isso?

– Ué, eu vi nos livros, e meu tio falava muito essas verdades que pouca gente sabe.

– Seu tio era comunista?

– Sempre foi, mas também um grande cristão, sua consciência foi filtrada através da arte e pelas pessoas que lutam por uma sociedade mais justa. Bom, se fosse na época da ditadura todas essas pessoas seriam taxadas de comunistas.

– Mas só os comunistas pensam numa mudança radical? – interrogou sr. Agenor.

– Não, mas geralmente quem pensa assim é comunista.

– Acredito que na sua juventude tio Jesualdo foi comunista e continua na alma toda ideologia.

A tarde para a garotada rendeu um saldo positivo. Zú conseguiu mais uns trocados. Nuca roubara a bolsa de um executivo que correu atrás dele até próximo à Travessa do Ouvidor, driblou de várias formas o sujeito e escapou.

Rafa e George ganharam lanche de um senhor que não se conteve ao ver os dois garotos pedindo e a maioria das pessoas negando. Doca ganhou um prato de comida de um rapaz. Há meses que ele não comera dignamente, mesmo com algum trocado que arranjasse e Bira encontrou Rafa e George:

– Onde você tava?

– Por aí!

– Já comeu?

– Não. Só ganhei um pouco de caldo de cana que uma tia me deu.

– Então comeu alguma coisa.

Rafa deu dinheiro para um cachorro-quente. Bira ficou contente e vitalizou corpo e alma com o gesto de Rafa.

– Você é meu melhor amigo, Rafa – disse Bira emocionado.

– Você deve fazer o mesmo com os outros – admoestou Rafa.

– Você tem razão – resignou Bira.

– Dá pra você pedir desculpas a Doca?

– Eu vou pedir, a gente viver sozinho é ruim. Não dá, não tem com quem conversar.

A tarde declinava para dar lugar à noite, mas eles continuavam por ali, vagueando, brincando e dançando quando ouvia alguma música baiana. Subitamente Doca apareceu e surpreendeu a todos.

– Cadê Bira?

– Olha lá – apontou Zú.

Bira se voltou para turma e se achegou a Doca.

– Doca, eu errei e mereço de você o mesmo, mas eu peço desculpas pelo que fiz e prometo nunca mais fazer isso. Você me perdoa, Doca?

– Tá bem, peça desculpas a Zú também – acrescentou Doca.

Os outros ficaram observando a atitude de ambos.

– Eu quero ser seu amigo, eu posso? – quis saber Bira.

Doca estendeu a mão simultaneamente com Bira, se abraçaram e em seguida saíram com a mão no ombro do outro. Às 8h30 seguiram para a Candelária. Jacinto viveu momentos de alegria ao perceber que sr. Agenor tinha afeição por ele. O velho conquistara o garoto.

O intelecto do menino chamara atenção, mas não chegara a hora do melhor acontecer... A prudência daquele senhor não permitia a falta de limites na sua empolgação, deu alimento, um outro cobertor mais digno e Jacinto saiu dali com uma aparência de alguém que conseguiu algo muito importante na vida.

Os garotos chegaram animados pelo que conseguiram e o adicionamento da reconciliação entre Doca e Bira produzira só alegria.

– Ganhei um outro cobertor, agora nós vamos dormir mais protegidos do frio – vibrou Jacinto.

– A gente não vai ficar muito tempo aqui – assegurou Nuca.

– Nós vamos ter que sair daqui porque fomos ameaçados pelo gordo.

– É. Tem razão – concordou Jacinto. – E agora? Sr. Agenor guardava nossos panos e outros objetos. Eu já estava tão acostumado com ele.

– A gente só não pode é dormir aqui senão eles vão nos matar – declarou Rafa, com um tipo de medo que ainda não conhecia.

– Mas hoje nós vamos dormir, amanhã vamos procurar outro lugar. Eu vou à casa do meu tio ruim, pra saber notícias do meu tio da Paraíba – afirmou Jacinto.

Estavam contentes lanchando ali próximo à lanchonete do sr. Agenor quando um carro passou vagarosamente e mais adiante o motorista acelerou o carro e só Zú percebeu, porém não deu importância ao espião. Não imaginou que fossem exterminadores de crianças "trombadinhas" e adolescentes. Bira não dissimulava o sono, estava quieto e com vontade de dormir. Nuca e George pichavam a igreja com nomes pela metade, escrevia Nuca.

– Não é assim – é *sxterminado* – afirmava George, mas Rafa sabia escrever e corrigiu:

– É exterminador.

– Quer dizer que exterminador é o mesmo que matador?

– É sim – confirmou Rafa.

– Com revólver ou faca? – queria saber George.

– É com tiros – aclarou Rafa. – Eles levam a gente pra Baixada Fluminense nos terrenos baldios e matam.

O resto da turma confabulava na calçada numa tranquilidade natural, comum aos meninos de rua.

– Tá dando sono, ô.

– Eu não tô! – reagiu Zú. – Vamos comigo – insistiu Jacinto.

Zú não resistiu e acompanhou o pequeno. Doca acordou Bira e seguiu o casal. Jacinto estendeu o novo cobertor junto ao mais velho. Um celta branco saiu de mansinho e desapareceu em direção à Zona Sul. Jacinto ainda comentou o desaparecimento de Xibiu.

– Xibiu não apareceu, hein!

– Foi fazer sexo longe daqui ou então mataram – previu Nuca.

– Tô com saudade de Xibiu. Ela cuidava de mim, provavelmente mataram.

– Eu também. Quando eu tava com frio ela arranjava nem que fosse um jornal pra me cobrir – completou Rafa.

– Ah! Vamos deixar de lamentar, ela vai aparecer porque gosta de mim – afirmou Doca.

— Ela gosta de gente grande – salientou George. – Mas não se preocupe, Doca, que seu amorzinho vai voltar – deu uma risadinha de gozação.

— Eu quero dormir – solicitou Zú com o tom de dengo.

O extermínio de cinco

Quando todos dormiam, o carro espião estacionou e permaneceu bem próximo, uns cinco minutos, então alguém desceu, deu uma volta pela Igreja da Candelária e observou os garotos.

– Vamos. Esse grupo a gente precisa eliminar também – disse o chefe para o bando. – Faltam dois matadores: os policiais. Vamos pegá-los – coordenou o chefe.

– Eles vão adorar o serviço, temos que acabar com todos.

Já estava tudo combinado, depois de 1 da madrugada, os chacinadores entrariam em ação. Os garotos dormiam tranquilos, entretanto a morte farejava a todos, um indivíduo em outro carro observara a movimentação da cidade, principalmente a passagem de carro da polícia. Subitamente surgiram os matadores e numa violência indescritível puxaram os panos e agarraram os garotos.

– Socorro! Socorro! – gritou Jacinto.

– Se gritar outra vez, morre – ameaçou um deles com um revólver 38.

Os outros, assustados, ainda no crepúsculo do sono, despertavam e viviam um sonho de terror, mas antes que se acordassem completamente, o bando amordaçava com um lenço e amarrava simultaneamente as mãos com uma corda. Em um dos três carros, análogos a um camburão, foram jogados os seis garotos e a pequena Zú, como saco de gatos. Saíram em direção a Duque de Caxias na Baixada Fluminense. Um deles com um revólver mirando sempre para Jacinto, ironizando, dizia:

– Calminha, nós vamos levar vocês para um lugar bonzinho. Não se preocupem, vocês possuirão muitos brinquedos, passearão e comida boa não faltará.

O objetivo do grupo era matá-los um por um, com requinte de perversidade, uma vingança de comerciantes, empresários e policias que jamais agiram pela razão substancial e sim pela razão instrumental para sobrevivência do sistema. Durante a viagem, Jacinto conseguiu desamarrar as mãos de Zú e a mesma disfarçadamente soltou as mãos de Jacinto.

A falta de claridade e um momento de negligência do assassino facilitou a libertação das mãos, os dois permaneceram na simulação de que ainda estavam amarrados. O local que fora determinado para a chacina possuía uma vegetação de mangue, muito lixo e uma escuridão pavorosa que só o farol dos carros iluminava o ambiente.

A retirada do camburão fora rápida e violenta, colocaram as sete crianças empareadas, Jacinto e Zú sempre juntos coincidentemente. A patrulha mirim não se organizou como eles queriam, porém forçosamente obedeciam. Doca, onze anos, o mais velho da turma e Bira, dez anos, o mais agressivo. Nuca, oito anos, o esperto George, nove anos, o mais calmo, Rafa, oito anos, auxiliava Jacinto que contava apenas com sete anos. Zú, a única menina no meio dos garotos, naquele momento, porque Xibiu desapareceu. Assim era formada a patrulha de Jacinto.

Uma madrugada de terror para aqueles meninos. O motorista do outro carro cobria o rosto com uma toalha e dois homens encapuzados iniciaram a chacina que nunca fora publicada nos jornais. O primeiro tombo fora de Doca, que não conseguiu sequer gritar. Bira, o segundo; na sequência Nuca, George e Rafa.

O matador marcava uma distância de três metros para os pequenos. No momento da queda de George, uma sirene do Corpo de Bombeiros passou na estrada que liga o Rio de Janeiro a Duque de Caxias com um barulho infernal que assustou o assassino contratado pelo bando e, enquanto isso, Rafa, Zú e Jacinto tentaram fugir, mas surgiu um outro pistoleiro e metralhou Rafa.

De repente apareceram vários carros do Corpo de Bombeiros que avolumavam o barulho, o motorista apagou as luzes e simultaneamente Jacinto e Zú escaparam na escuridão. Apavorados com a possível presença da polícia, os assassinos fizeram uma trégua de segundos porque o silêncio no local era uma regra imprescindível para um momento como aquele, partindo do pressuposto de que a polícia com luzes e tiro poderia aparecer, pois a turbulência das sirenes continuara durante quase um minuto.

Enquanto isso aproveitaram o momento e se distanciaram uns sessenta metros dos assassinos que no escuro não conseguiam encontrar as crianças. Os dois não perderam tempo, Jacinto retirou a mordaça de Zú que estava mais difícil, pois da sua ele já estava livre.

As crianças correram ao perceber que os assassinos estavam no encalço delas. Driblaram os criminosos e se esconderam dentro de uma moita. Eles passaram farejando como cães de raça. Jacinto e Zú permaneceram ali por alguns segundos e notaram que estavam procurando pela direita e os dois pequenos fugiram pela lateral esquerda.

A madrugada mais cruel para Jacinto e Zú sem dúvida fora aquela. Sem chinelo, Zú pisara num caco de vidro e choramingava, Jacinto erguia a alma para brigar... Ele tinha que fazer com o seu braço o seu "viver". Aquela madrugada, sem estrelas, sem lua, lanterna ou farol desnorteou os VERDADEIROS BANDIDOS QUE A IMPRENSA BRASILEIRA PODERIA QUALIFICAR. Desistiram de procurar as crianças.

– Zú, vamos andar até chegar onde tem gente.

Os dois ainda percorreram uns quatro quilômetros entre o matagal e o lixo da segunda maior cidade do Brasil, o Rio de Janeiro. De vez em quando Zú lamentava.

– Tô cansada, Tinto.

Mas o moleque adiantava os passos, pois se demorassem poderiam ser alcançados pelos bandidos. A claridade anunciava o domingo em que Xibiu coincidentemente passava pelos seus vexames.

– Vamos pegar um ônibus e sumir daqui, nossos amigos foram mortos e se a gente brincar não ficaremos vivos pra contar história – diagnosticou Jacinto.

Na estrada leu "São João do Meriti", o ônibus ainda vinha longe. Na parada havia várias pessoas, os dois entraram juntos. Eles queriam apenas esquecer o terror que viveram e se livrar da morte. O importante era fugir daquelas proximidades. No coletivo uma senhora observou que o pé de Zú sangrava e se compadeceu.

– Minha filha, onde aconteceu isso?

– Foi no lixo – respondeu Zú.

Dois policiais se encontravam na direita do ônibus, Jacinto combinara com Zú para não falar nada para a polícia. Na imaginação de Jacinto polícia era algo pejorativo, pois o tio que mais amava odiava os militares por ter sido perseguido pela ditadura militar que se implantou no país em 1964 e quase fora exilado por causa da "Revolução".

Coibidos de falar por causa da situação que se encontravam, Jacinto e Zú se deprimiram muito por não poder sequer abrir a boca e terem medo de voltar ao local onde acontecera a chacina. Em São João do Meriti a senhora disse que ia fazer o curativo no pé de Zú.

– Vocês estão com fome?

– Estamos sim – adiantou Jacinto.

A senhora fez uma limpeza no pé de Zú, colocou esparadrapo e quis saber.

– Vocês estão assustados e com os olhos vermelhos, pesarosos demais, é como se uma pedra dos morros do Rio de Janeiro tivesse esmagado vocês!

– Sabe tia, é coisa parecida, eu vou contar para a senhora: nós éramos oito ao todo, duas meninas e seis meninos, nós dormíamos todos os dias numa calçada próximo da Igreja da Candelária no centro do Rio, nós não temos ninguém por nós, a mais velha, a Xibiu, desapareceu.

– Como é mesmo o nome da desaparecida? – interrogou a senhora.

– É Xibiu, senhora.

– Nossa! Que nome – estranhou a senhora.

Jacinto continuou a narração:

– A Xibiu desaparecera na sexta-feira à tarde e mais ou menos hoje, uma hora da madrugada, uns homens encapuzados amarraram a gente e nos amordaçaram, nos trouxeram pra Baixada, eu não sei bem o lugar, eu só sei que mataram cinco colegas da nossa turma, Nuca, George, Rafa, Bira e Doca, todos com idades entre oito a onze anos e nós escapamos porque no momento em que eles atiravam em nossos amigos as sirenes do Corpo de Bombeiros ou os carros de polícia espantaram os assassinos. Apagaram o farol do carro e fizeram silêncio por alguns segundos com medo da polícia e, enquanto isso, nós fugimos, correram atrás da gente e nós os enganamos – elucidou Jacinto.

A senhora percebeu as lágrimas nos olhos de Jacinto e Zú e não se conteve e exclamou:

– Que absurdo, em que pais nós estamos, meu Deus! A sociedade brasileira está destruindo a sua infância, matam crianças como se fossem galinhas.

Jacinto olha pra tia e disse:

– Tia, eu não sei roubar – a mulher abraçou Jacinto, desapontando as diferenças sociais. Zú chorou ardentemente, a senhora a abraçou também. Um sociólogo filho da senhora, Rodrigo, estava diante de um fato real que a sociedade brasileira produzia todos os dias. Envolveu-se diante do relato e se conteve para não se emocionar com a mãe. Zú afirmou para a senhora Beatriz:

– Tia, eu só roubei para comer até hoje porque meus pais me abandonaram e fui para a rua, meu único amigo é Jacinto, ele nunca robô – Zú falava assim, em lágrimas, ela queria apenas um pouco de confiança da senhora Beatriz.

Dona Beatriz percebeu que estava diante de dilemas e responsabilidades e se abrisse a boca poderia ser morta. Não é de se admirar que na Baixada Fluminense uma boa parcela de presos são voluntários que vivem sob a custódia da polícia com medo de serem mortos pelos grupos de extermínios. Portanto, todos eram forçados a calar a bico. Para o sociólogo, um fato a ser discutido apenas em sala de aula e com discrição.

Dona Beatriz arranjou sabonetes, toalha e roupas para os dois tomarem banho e trocarem de vestimentas. O genérico fora narrado por Jacinto, mas Beatriz queria saber a origem das crianças e ajudá-las. Rodrigo se prontificou junto à mãe a resolver a situação dos dois. Se não encontrassem uma solução para o caso, Rodrigo estudaria uma forma de adoção, junto ao juiz de menor.

Depois do relato de Jacinto, a comoção de dona Beatriz ganhou volume em torno das crianças. Alimentou-os bem e levou ao quarto da empregada. Os dois dormiam e deliravam com o trauma que jamais esqueceriam, uma febre confinou Jacinto naquele quarto por alguns dias.

Dona Beatriz chamou um médico amigo da família que consultou o menino e diagnosticou: problemas respiratórios, febre alta e pressão baixa. E Zú, como se o mundo tivesse desabado sobre ela, quase não falava. A conversa era provocada mais por Jacinto. Beatriz pediu a Zú para comprar cinco pães e o troco veio certo.

– Você é uma boa menina! Quer ficar comigo?

– Quero. A senhora é tão boa pra mim!

Já completara duas semanas que Beatriz estava com os dois e já criara bem as crianças. Jacinto, que melhorou, queria que Rodrigo fosse até a Favela da Rocinha com ele.

– Me leva até a casa do meu tio mau, quero saber se o meu tio da Paraíba quer saber notícias minhas.

Porém Rodrigo desejava conhecer Campina Grande, Juazeiro do Norte e João Pessoa e prometeu:

– Nas férias eu vou deixar você na casa do seu tio. Tá bom?

– Beleza, Rodrigo. Você nem imagina como o meu tio Jesualdo vai lhe agradecer e pagar suas passagens.

– Não. Quanto a isso não é problema. Eu só preciso do endereço certo, tenho realmente que ir na casa do seu tio na Rocinha, por causa disso depois eu vejo o juiz porque eu quero saber o que é necessário para fazer o meu garoto feliz.

Jacinto abraçou Rodrigo e disse:

– Você agora é meu maior amigo – o pequeno falou com todas as suas energias, mente e coração.

– Você gosta de ler, não é Jacinto?

– Meu tio disse que a melhor faculdade é a leitura.

– E o que é faculdade para você, Jacinto? – interrogou Rodrigo.

– É um curso superior depois do Ensino Médio.

– Isso mesmo, Jacinto! – exclamou Rodrigo. – Você é inteligente!

– Não. Apenas tive oportunidade de aprender algo mais que os outros. Se Zú tivesse um tio como o meu também teria conhecimento. O problema do Brasil é a falta de prioridade para o setor educacional – acrescentou Jacinto.

– Você é peso pesado, Jacinto, agora você demonstrou a dimensão do seu conhecimento. É incrível o que eu ouvi agora de você que só tem sete anos de idade.

Durante quase dois meses Jacinto acompanhou o sociólogo, lia jornais, revistas, preenchia todos os *Coquetéis* que Rodrigo comprava. O sociólogo sentia o prazer de ser interrogado por Jacinto. A visão de Rodrigo coincidira com o pensamento do seu tio. Foram sessenta dias sem escola para o menino, mas na casa de Rodrigo Jacinto crescera intelectualmente. Rodrigo esteve na favela da Rocinha e conseguira o endereço de Jesualdo que soubera dos últimos acontecimentos naquela mesma semana, mas ainda não sabia se Jacinto tinha sido abandonado pelo outro tio. Zé Ferreira queria saber:

– O senhor tá tomando conta dele?

– Por enquanto sim, até levá-lo ao tio na Paraíba – retrucou Rodrigo.

O sociólogo ainda procurou saber os motivos do abandono, mas o homem ficou vermelho. Rodrigo não demorou muito ali. Na mesma semana falou com o juiz. O tio autorizou como o único representante da família. Um amigo do pai de Jacinto foi testemunha da morte dos pais do menino e do seu abandono.

No final do ziguezague do processo jurídico, Jacinto saiu ganhando: Rodrigo ficara responsável provisoriamente pelo garoto. O sociólogo ensinava em dois colégios de São João do Meriti e as provas do primeiro semestre, daquele ano, terminaram.

– Jacinto, na próxima semana a gente viaja para a casa do teu tio Jesualdo. Tá bom?

– Beleza pura, eu tô morrendo de saudade do meu tio.

– Hoje nós vamos a Duque de Caxias, vou comprar um violão, eu gosto de MPB e você?

– Eu sou ligado em Caetano Veloso.

– Qual é a música que você mais gosta?

– *Leãozinho* – respondeu Jacinto.

– Agora me fale de outros nomes da MPB – solicitou Rodrigo.

– Bom... Além de Caetano eu aprendi a gostar de Milton Nascimento, Djavan, Gal Costa, Maria Bethânia, Gilberto Gil, Tom Jobim, Toquinho, Vinícius de Moraes e Chico Buarque, o meu tio tem discos de todos eles, além de João Gilberto, Elis Regina, Clara Nunes, Guilherme Arantes, Fagner, Belchior, Ednardo, Marina, Rita Lee, Tim Maia, entre outros.

– Tudo isso, garoto!!!

– Ele gosta de música clássica também.

– Você canta alguma música de Caetano Veloso?

– Eu canto *Leãozinho, Alegria, Alegria e Beleza Pura.*

– Acho que você vai ser um grande intelectual e eu vou lhe dar um presente – prometeu Rodrigo.

– O que é?

– É surpresa, só no dia da viagem no próximo domingo que você vai saber.

– Bom, nós vamos a Duque de Caxias – finalizou Rodrigo.

Saíram no carro de Dona Beatriz, Passat amarelo ano 1981, motor 1.8, com um giro muito bom. Enquanto Rodrigo dirigia Jacinto observava as marchas, a aceleração e os semáforos. Não perdia tempo. Para aprender não há lugar privilegiado, mas em todos os lugares e situações você pode conhecer muita coisa: a engenharia dos movimentos, os sinais de trânsito, o agir das pessoas, suas tendências políticas, religiosas, sociais ou literárias. De tudo isso você pode tirar proveito – assim pensava o moleque.

– Você gosta de mim, Jacinto? – interrogou Rodrigo.

– Eu adoro você, já estou pensando quando chegar na Paraíba e você voltar pro Rio, vou morrer de saudade.

Rodrigo afaga os cabelos de Jacinto como uma forma de atenção e carinho a quem admira e ama. Nunca conhecera um menino igual, por isso sentia prazer em confabular e ouvir o garoto. Uma fascinação, espécie de irradiação que Jacinto transmitia provocando uma alegria em Rodrigo. Um pequeno "adulto" no conhecimento, inalienável nas suas ideias, coerente no agir incontestável do seu pensamento.

Em Duque de Caxias existia um mercado que vendia mais instrumentos musicais. Ali próximo Rodrigo estacionou o carro e Jacinto o acompanhou.

– Eu quero comprar um violão de marca boa – adiantou Rodrigo.

– Meu tio tem um Di Giorgio, ele dizia que era uma das melhores marcas – disse Jacinto.

– Eu estava pensando nessa marca mesmo.

Rodrigo procurava os preços e Jacinto anotava atentamente. Instrumentos de todos os tipos existiam naquele mercado. O menino ficava fascinado ao conhecer aqueles objetos inanimados que dão vida à vida. Cada um diferente do outro, embora as notas musicais, Dó, Ré, Mi, Fá, Sol, Lá e o Si sejam as mesmas para qualquer um desses instrumentos.

– Jacinto, qual é a linguagem que é usada em todas as línguas?

– A linguagem musical. Ela é universal – acrescentou Jacinto.

– Exatamente – confirmou Rodrigo.

Após a compra, Rodrigo disse

– Quando você crescer eu vou te dar um outro presente! Adivinha!

– Um violão!

– Acertou!

– Oba, Oba! Oba! O meu tio vai me ensinar, ele sabe!

– É mesmo!

– Só daqui a dois anos. Agora eu não posso. E por outro ângulo, seus dedinhos, hein!

Na saída do mercado, Jacinto não imaginava que Xibiu estivesse por ali. Foi uma surpresa boa e caótica concomitantemente. Rodrigo viu os dois conversarem, respeitou o máximo. Sua formação permitia mais do que isso.

– Pra onde você foi, Xibiu, naquela sexta-feira? – interrogou Jacinto.

– Ah! Um cara me prometeu tudo e me levou para um grande traficante, depois que o chefão fez o que quis comigo me largou na rua, logo no domingo à noite.

– Xibiu você ainda teve sorte, no domingo pela madrugada um camburão pegou a gente. Um homem encapuzado apontava direto uma arma pra mim, trouxeram a gente para um lugar desconhecido aqui perto de Duque de Caxias e mataram Nuca, George, Doca, Rafa e Bira... – Jacinto não conseguia dizer o resto, Xibiu o abraçou no mesmo choro.

– A história é tão longa. Só escaparam a Zú e eu. Nós corremos no escuro e bem cedo fomos acolhidos por Dona Beatriz, mãe de Rodrigo – o rapaz se aproximou e interrogou:

– Você é a Xibiu que Jacinto tanto fala?

– Sou sim!

– Outro dia, nós estávamos querendo achar uma forma de lhe encontrar, Jacinto queria saber onde você estava e lhe encontrar aqui é muita coincidência!

A cultura de Rodrigo afinara sua consciência e convidou Xibiu para sua casa, não pensou nos entraves ou consequências que tal convite poderia produzir devido também as circunstâncias daquele encontro...

– Vamos para casa, lá vocês conversam mais à vontade.

Xibiu não mediu os passos, a tristeza desaparecera, queria ver a Zú, sua irmã de rua. Em casa, quando a Zú viu Xibiu correu ao seu encontro, queria dizer algumas palavras, mas não conseguia, se abraçaram e choraram com a maldade do sistema. Dona Beatriz passou a mão nos olhos. Foi ao quarto e pegou uma toalha, sabonete e disse:

– Xibiu, fique em paz em nossa casa, se você quiser me contará tudo depois, vá primeiro tomar um banho, ok?

Xibiu se sentiu um ser humano perante Dona Beatriz e antes de sair do banheiro, ouviu:

– Olha, na porta tem outra roupa para você vestir: é sua.

Aquilo tudo deixou Xibiu satisfeita, embora estivesse chocada com o que acontecera com a turma. Jacinto estava triste, pensando em muitos garotos de rua, Zú estava salva e talvez Xibiu.

A razão instrumental do mundo era sua inimiga, no seu coração estava cristalizada a razão substancial. Ele não precisava mais brigar, roubar ou matar para viver, mas somente ele e Zú dos quarenta milhões de brasileiros miseráveis tiveram essa sorte de encontrar alguém que vivesse a razão substantiva de *habermas*, entretanto paliativo. Nenhum, como orfanatos trancados, resolverá o problema. A sociedade é que precisa mudar sua mentalidade, as reformas sociais precisam ser implantadas de forma urgente no país continental chamado Brasil, a começar pela reforma agrária.

Zú já ajudava Dona Beatriz nos afazeres domésticos, pois há mais de um ano que estava sem gente para lhe ajudar em casa e a matrícula já estava garantida numa escola bem próxima de sua residência. Beatriz tinha a consciência de que conviver com o menor infrator era difícil, mas com o coração de mãe e agindo segundo o cristianismo real, quis fazer uma experiência com Xibiu também.

Não falou nada para a menina em relação à sua estadia, apenas ouviu o seu relato desde quando saiu de casa perseguida pelo pai sexualmente até o que aconteceu na Via Dutra. Dona Beatriz chamou Rodrigo para o seu quarto objetivando resolver a situação de Xibiu.

– E agora Rodrigo, como resolveremos o problema da Xibiu?

– Mãe, é o seguinte: a gente fica uns dias com ela e depois pensa no futuro dela que não vai ser fácil.

– Meu filho, precisamos ser prudentes, pois não podemos abandoná-la. Deus vai me iluminar. Se um terço da sociedade brasileira tivesse essa mesma preocupação com o menor carente não veríamos uma criança na rua, mas para acabar com o mal pela raiz a coisa tem que começar de Brasília.

– É, o problema é conjuntural, assistir essas três crianças não resolve o problema do Brasil, entretanto resolve o de três seres humanos, nós podemos fazer alguma coisa pela Xibiu – adiantou Rodrigo.

– Oh! Rodrigo esse nome de Xibiu você não acha desgaste, devagar, para uma garota tão bonita como ela?

– Eu já pensei nisso. Foram os garotos que arranjaram esse nome para ela.

– Oh! Xibiu, venha cá, minha filha, me diga como é seu nome verdadeiro?

– É Carla Cristina Fontes Silva.

– Que nome bonito – se admirou Beatriz. – Quem arranjou esse nome para você?

– Foi o Bira, um dos que foram mortos, ele era o mais capeta da turma, botava apelido em todo mundo.

– Jacinto, Zú e Rodrigo venham cá – chamou Beatriz. – Olha, o nome verdadeiro de Xibiu é Carla Cristina Fontes Silva. Então, a partir de agora devemos chamá-la de Cristina, ok?

– Ok! – concordaram todos.

Cristina depois que vestiu roupa nova e penteou o cabelo ficou uma menina decente porque já era bonita. Naquele dia Beatriz ouviu o relato de Cristina e disse:

– Você fica aqui por alguns dias, depois eu verei como resolver sua situação, tá bom?

– A senhora é muito boa, uma verdadeira mãe que eu não tive, Jacinto me falou da senhora. Hoje eu tô muito contente, parece que a vida voltou pra mim – afirmou Cristina.

– Só quero que você seja feliz. É preciso esquecer o passado e caminhar em direção de um bom futuro. A vida começa agora. Vamos pensar assim, Cristina. Dona Beatriz fazia curso de pensamento positivo sempre que podia no Colégio Santo Antônio daquela cidade...

Os primeiros dias foram difíceis, tanto para Dona Beatriz quanto para Cristina. Contudo, paulatinamente, o direcionamento de Dona Beatriz adquiria um valor imprescindível à educação do ser humano. Zú já se habituara ao tipo de educação do ser humano. Zú já se acostumara ao tipo de educação da casa. Cristina, com onze anos, alicerçada em fantasias sexuais, pequenos furtos e outros costumes, a herança que a sociedade deixou para os "trombadinhas", no início teve dias penosos, mas Beatriz dialogava com muito jeito sem ofender e com muito amor acima de tudo.

Cristina foi desabrochando os seus sentimentos, contando seus segredos e a dona da casa ia encontrando o caminho com desvelo e paciência. O amor daquela senhora pelas crianças crescia, porém de vez em quando Cristina deslizava... Sem motivar uma expulsão definitiva. Com o passar do tempo as duas meninas perderam seus costumes de rua e superaram as dificuldades, fruto do amor de Beatriz.

O primeiro domingo de julho chegara, as malas estavam no jeito, passagens compradas e Rodrigo com autorização do juiz para entregar Jacinto ao tio se ele concordasse em adotar o menino. Se ele não concordasse Jacinto ficaria na casa de Rodrigo. Às 13h, Beatriz chamou os meninos.

– Meninos e meninas tomem banho, troquem de roupa. Nós vamos à Rodoviária Novo Rio deixar Jacinto e Rodrigo. Eles viajarão para o Nordeste. Não podemos atrasá-los, o ônibus parte às 16h. Passaremos pela Candelária e pelo Largo da Carioca, lugares que vocês tanto falam. Às 17h quero passar na Catedral, haverá uma missa de aniversário de uma sobrinha minha, depois comilança e nós estaremos lá.

– Oba! – vibraram as meninas.

O conhecimento de Jacinto chamou a atenção de Rodrigo, por isso ele arrumou uma caixa e colocou cinquenta e três bons livros, romances, literaturas comentadas e entre os romances "Meu pé de laranja Lima" de José Mauro Vasconcelos. Jacinto assistiu ao filme e ainda ganhou esse livro que certamente marcaria e agradaria muito ao moleque.

Rodrigo pesou o futuro do menino, e percebendo que ele gostava de devorar livros não marcou passo, se incumbiu por natureza intelectual e razão substancial de doar cinquenta livros e comprar mais três novos. Jacinto jamais esqueceria de um amigo como aquele e nem Rodrigo esqueceria de Jacinto. Garoto prodígio...

Os últimos dias foram prazerosos intelectualmente para os dois, argumentos e contra-argumentos, não era problema e flexibilidade também existia, o consenso prevalecia porque eram ideias análogas com ramificações diversas. A conclusão da convivência teve um saldo altamente positivo. O teórico da sociologia de Rodrigo serviu de reflexão em cima de fatos reais. O crescimento do garoto em todos os níveis, intelectual, espiritual, social, afetivo e humano foi um trampolim para Jacinto desmistificar com profundidade as raízes dos problemas sociais do Terceiro Mundo e do Brasil.

O garoto ainda ganhou uma boina e uma blusa com a cara do Che Guevara. Rodrigo conhecia os que despertam o sentido crítico sem perder a ternura. Depois das 14h Beatriz alertou:

– Está na hora, Rodrigo!

– Mãe, que pressa hein!

– Olha, parece que você não conhece o Rio de Janeiro, não lembras daquele dia em que a gente vinha de Resende e o engarrafamento de três horas na Av. Brasil, um calor de quarenta graus centígrados?

– Me convenceu, mãe!

– Crianças, tudo nos trinques?

– Estamos prontos, tia – afirmou Jacinto.

– Bem, meninas. Rodrigo vai deixar Jacinto na Paraíba e
vocês ficarão comigo. Jacinto um dia voltará aqui: não per-
deremos o contato com esse garoto formidável. A saudade
vai apertar, a vida continua e tem dessas coisas; muita alegria vocês sentirão, porém recheada de tristeza. Mas tudo
isso é superável, não se preocupe, Jacinto, com suas irmãs,
eu vou cuidar delas. – Beatriz se agachou e continuou. –
Meu filho, eu queria que você ficasse aqui pra gente cuidar
dessas crianças de São João do Meriti. No meio das feridas
do seu coraçãozinho existe um lugar insubstituível do seu
querido tio Jesualdo e eu não posso tomar do seu tio, mas
certamente caberá eu e o Rodrigo, não é mesmo, Jacinto?

– É claro, tia – Jacinto abraçou a melhor tia do mundo e
agradeceu por tudo que ela tinha feito por ele. – Tia, se eu
arranjasse pra senhora um baú de ouro ainda não pagaria o
que a senhora fez pela gente e continua fazendo pela Zú e
pela Cristina. Na humanidade existe ser humano dessa estirpe, só é difícil encontrar. Eu sei que os problemas sociais
do país não serão resolvidos com fatos isolados como esses,
entretanto se não fosse o amor da senhora talvez estivésse-
mos mortos como Bira, Rafa, George, Nuca e Doca. Estamos vivos sonhando com o futuro, estamos encaminhados.
A senhora nos trouxe novamente a vida. Acredito que seja
esse o dever de cada um de estar sempre do lado do outro
mais fraco e principalmente nós, as crianças, somos pequenos no meio de uma multidão, porém se alguém nos carre-
ga no ombro ficaremos mais alto do que todos os homens
e a partir daí eles ouvirão nossos gritos, aí chegará a nossa

vez e nossa voz será ouvida. A senhora fez mais do que isso para a gente – finalizou Jacinto.

Beatriz ouvia atentamente o garoto e sentia alegria extasiante, contemplando o menino, cada gesto e cada palavra que ele pronunciava. Jacinto estava saudável, a angústia se distanciara e a vida voltara. Falta de pai e mãe seria um trauma eterno, mas a simpatia e o conhecimento que o menino possuía deixava qualquer pessoa imaginando e desejando sair de sua genética algo parecido. Jacinto conquistava a todos com uma facilidade muito grande. Os "deuses" o abençoaram. Sua capacidade certamente arrebataria milhões de admiradores no futuro bem próximo.

Àquela altura as crianças estavam eufóricas, queriam mesmo era entrar no carro e rever os lugares onde passaram penas sem culpa do Cartório da Sociedade Brasileira, embora de forma rápida e sem muito entretenimento. Depois de Duque de Caxias Jacinto lembrou do local onde pegou o ônibus com Zú para São João do Meriti.

– Oh! Tia, nós pegamos o ônibus aqui. Eu lembro que o cobrador disse que a gente era "trombadinha", mas teimamos e passamos por debaixo da borboleta e encontramos a senhora que falou sobre o ferimento no pé de Zú – esclareceu Jacinto.

– Então a chacina aconteceu aqui próximo! Não dá pra lembrar o local onde os assassinos entraram com vocês? – pediu explicação Rodrigo.

– É impossível. O carro tinha um fundão, uma espécie de camburão, eles não deixavam a gente levantar a cabeça pra ver algum cenário, o revólver sempre flechando a gente – esclareceu Jacinto.

– A essa altura nem sinal dos cadáveres, nunca saiu no jornal, pelo menos no JB que eu faço assinatura e recebo todo dia – afirmou Beatriz.

Na época, toneladas de lixo do Rio de Janeiro e de Duque de Caxias eram jogadas ali próximo do local da chacina. As crianças contemplavam com amargura outras crianças disputando restos de comida com os urubus. O medo empurrou Jacinto e Zú para as mãos de Dona Beatriz. Certamente se não tivesse acontecido tal fato positivo os dois estariam sobrevivendo naqueles montões de lixo... Agora eles estavam livres de tal flagelo, porém os mais de quarenta milhões de brasileiros famintos continuariam naquele nível de vida deplorável e estarrecedor, o alívio emergencial é o *bolsa família*.

O exército maior é do povo. Quando esse for conscientizado, formar o senso crítico, certamente os problemas sociais brasileiros deixarão de ser tão acentuados. O povo precisa ir às ruas protestar contra a corrupção política, como foi no caso de Collor, os políticos fizeram valer a estética dos *caras pintadas*. Nos anos 90 cada bairro, cada logradouro brasileiro precisava de um centro de desenvolvimento humano, de escolas, quadras cobertas, de cursos profissionalizantes. O governo Lula estava fazendo a sua parte, fazendo de tudo para que a zona rural não migrasse para a zona urbana, contudo faltava muito. Eram quinhentos anos de negligência política em cima da questão social.

Aconteceram fatos estarrecedores de opressão, dizimação de milhares de índios, negros, pobres, mulheres, crianças, operários, intelectuais, cristãos, religiosos, professores e comunidades inteiras, como era o caso do Caldeirão do município do Crato – Ceará e Canudos da Bahia.

O tempo, o vento e o lugar deixaram para trás. Beatriz estacionou o carro próximo da Rodoviária Novo Rio e eles pegaram as malas, sacolas e subiram ao primeiro andar. Faltavam ainda trinta minutos quando Rodrigo pagou o passe dos acompanhantes na borboleta e eles desceram a escadaria. A plataforma quarenta e oito estava vazia, mas cinco minutos depois o ônibus chegou, paraibanos e cearenses formavam o cenário daquele embarque. Um cearense contava para um paraibano:

– Olha, o prefeito era analfabeto, imagina sua secretária.

– Adelaide, faça um cheque de sessenta reais pra mim, agora eu não sei se é com dois s, ou com dois c e a secretária respondeu: "Eu também num sei."

– Então, faça dois de trinta.

Rodrigo adorava esse tipo de coisa, principalmente quando partia de nordestinos. Beatriz (cabeça boa, no Nordeste se diz cabeça feita ou liberal) ria, gostava de fatos burlescos. Alguns paraibanos com caixas enormes, com altura de metros e quase dois de comprimento. O controle das malas era efetuado por um sujeito chato.

– Cada passageiro tem direito a dois volumes. O ônibus já vem cheio e quem tem mais do que isso vai ter que deixar.

Uma senhora que vinha de Angra dos Reis para Catolé do Rocha, Paraíba apavorou-se:

– E agora, Zé. Meus panos de bunda vai ficar, é oito caixas, meu Deus, se eu subesse disso antes.

– Calma muié, pra tudo tem um jeitinho brasileiro, a gente dá um negócio ao motor (motorista) e ele deixa a gente levar isso tudo, você vai ver! – ponderou o marido.

A criançada observava gestos, palavras e atitudes do nordestino. A sua alegria contagiante, a simpatia do homem do sertão, a maneira daquela gente agir não parecia ser do Nordeste sofredor. Um povo de amizade fácil, hospitaleiro, agradável e grato.

Chegou o ônibus e o coração de Jacinto bateu forte. Rodrigo nunca viajara para o Nordeste, Beatriz se preocupava.

– Onde estão as passagens?

– Estão aqui, mãe, que preocupação excessiva!

– Está escrito na placa do ônibus: Rio de Janeiro – Campina Grande.

– Ué! Campina Grande! E vocês vão é pra essa cidade? – interrogou Beatriz.

– Tia, esse ônibus vai pra Campina Grande, mas antes passa em Cajazeiras – elucidou Jacinto.

– Assim está certo!

Na locução da rodoviária, eles ouviram "Atenção, passageiros com destino a Campina Grande na Paraíba, o ônibus das 16h já se encontra na plataforma quarenta e oito, desejo uma boa viagem."

A confusão fazia parte daquele embarque. Todos queriam levar suas burundangas: não podia era ficar na rodoviária, senão perdiam. Da parte de Rodrigo só uma mala e uma caixa. Bolsas e sacolas levariam juntos. Jacinto se despede de Zú e Cristina.

– A tia me falou que vai cuidar de vocês. No segundo semestre deverão estudar numa escola particular próxima à sua casa. Rodrigo vai levando minha transferência, vou continuar meu 4º ano. Qualquer dia ligarei para vocês. Nunca vou esquecer das únicas irmãs que tenho na vida.

Jacinto estava emocionado, as meninas abraçaram e beijaram o pequeno grande, chorando também.

– Nunca vou esquecer de você, Jacinto – afirmou Cristina.

Beatriz estava absorta no agir de cada um dos pequenos. Criança se emociona também. O amor é essencialmente puro e superior, assim ela matutava. Jacinto se despediu de Beatriz com um abraço forte. A tia já amava o menino como um filho; aquele abraço apertara sua alma. Uma atitude de gratidão que Jacinto armazenara naqueles dois meses de recuperação psicológica e social do mundo.

– Meu filho, escreva pra gente, pode me ligar a cobrar que eu atendo. Só basta ouvir a palavra Jacinto. Fique sabendo que mesmo distante uma mãe estará torcendo por você, rezando pela sua felicidade. Um dia eu farei uma visita a você e a seu tio. Na próxima viagem Rodrigo fica e eu vou, quero conhecer a beleza do Nordeste, pois lá estão as melhores praias do mundo – prometeu Beatriz ao pequeno.

– Mãe, o ônibus...

– Vai, Jacinto, Deus te acompanhe.

– Tchau, minha mãe!

– Tchau, meu filho!

O Rio de Janeiro, trágico, lindo, cruel, maravilhoso, cheio de contrastes ficara para trás. A serra de Petrópolis, exuberante como sempre, contagiava a alma poética de Jacinto, ele sentia êxtase quando a beleza natural se fazia cenário no seu caminho. O livro "Meu Pé de Laranja Lima" foi escolhido pelo moleque para ser lido na viagem. Rodrigo comprou a Folha de São Paulo. O caderno de cultura era preferido pelo garoto e Rodrigo já conhecia esse gosto:

– Olha aí a parte cultural.

Jacinto devorava-a, em seguida começava a ler o livro de José Mauro de Vasconcelos. Entretanto, não deixa de admirar as serras, de interrogar e afirmar a Rodrigo qualquer assunto com uma lógica singular. No fundo, no fundo, Jacinto era excêntrico. Era diferente dos outros meninos, na sua magia, na sua forma humana de ser, agir e discutir. Gênio todos o denominavam, mas isso era rótulo...

Foram quarenta horas de viagem até Cajazeiras, às 20h o ônibus parava e o motorista alertava:

– Trinta minutos para o jantar.

– Precisamos comer alguma coisa, Jacinto – disse Rodrigo.

– É sim – respondeu Jacinto. – Nós já estamos entrando em Minas Gerais na divisa com o Rio de Janeiro.

– Eu sei, e como você sabe? – quis saber Rodrigo.

– Ah! Eu observei muito o mapa do Brasil e a volta para o Nordeste tanto pela BR 116 como por outras estradas que me levassem de volta à Paraíba. Mesmo antes da morte de mamãe eu sentia saudade do tio Jesualdo e uma coisa que me fazia chegar até Cajazeiras era o mapa. E se eu não me engano essa cidade pacata é Leopoldina, depois vou dar uma olhada no guia turístico – elucidou Jacinto.

Enquanto o menino confabulava com Rodrigo, o motorista percebia o "pequeno notável" com seus argumentos fantásticos. Rodrigo sentia tudo naturalmente, já estava acostumado, porém os passageiros nunca tinham conhecido um menino daquele tamanho se sair tão bem no diálogo.

Tio Jesualdo

Na Paraíba, tio Jesualdo recebera na segunda-feira uma carta do amigo dele que morava no Centro do Rio e soube da verdadeira história de Jacinto. Contara tudo detalhadamente como soubera. Jesualdo ficou indignado com o outro tio da Rocinha que praticamente expulsara o menino de casa.

Planejava viajar para o Rio na quarta-feira, assim que pegasse um dinheiro suficiente para sua manutenção. Jesualdo completara no mês de maio cinquenta e três anos, viúvo com o filho de 10 anos, Rogério. O tio de Jacinto era professor de um colégio tradicional de Cajazeiras e outro colégio estadual. Possuía um telefone, uma Brasília azul que ele não trocava por nenhum carro pós-moderno, celta ou fiat. Admirado por todos os alunos, tio Jesualdo trabalhava com uma pedagogia diferente, o trato com os alunos chamava atenção dos outros professores.

A pedagogia tradicional na sua ótica tornara-se obsoleta. A conscientização através da literatura e da filosofia era um dever de alma para tio Jesualdo. Muitas vezes fora criticado por diretores e colegas de trabalho pela sua dinâmica, porém os argumentos dele jamais deram espaço para a filosofia medíocre que sustentava o sistema e fazia da escola aparelho ideológico do Estado.

Brincalhão com os alunos, agradava a todos com a sua atuação objetiva e esclarecedora. Promovia a semana cultural da escola, festival de música, de poesia, além do lazer das escolas que atuava. Não havia barreiras entre aluno e professor, seu carisma conquistava do funcionário mais simples ao diretor. Seu humanismo influenciou uma geração. A assiduidade no trabalho caracteriza-o como um homem cumpridor dos seus deveres e ainda sobrava tempo para fazer seus movimentos culturais e humanitários onde morava. Sua casa era modesta, mas digna, a biblioteca servia aos seus próprios alunos, pois tinha mais de sete mil títulos e sempre nos dias feriados ele servia chá para amigos e alunos, depois pegava o violão e cantava Milton Nascimento e Belchior.

O tropicalismo sempre lhe fascinou. Uma estante de madeira servia para sustentar as pastas com músicas selecionadas. Noel Rosa, Humberto Teixeira, Pixinguinha e Luiz Gonzaga: uma seleção imprescindível para ele.

O patrão do pai de Jacinto expulsara Ferreira de suas terras objetivando plantar capim para o gado. Ferreira teve que trabalhar de servente para ganhar algum tostão. Jacinto vivia na casa do seu tio Jesualdo, tudo o que ele via o tio fazer queria imitar. Isso desde os dois anos de idade, pois aprendeu a ler e escrever rápido.

Interrogava o tio todas as vezes que surgia uma dúvida. Ferreira arranjou um dinheiro e viajou para o Rio de Janeiro. Jacinto era a alegria da família e não podia ficar. Jesualdo respeitou o direito dos pais, porém se dispôs a ficar com Jacinto se caso eles aceitassem. O professor ficou deveras preocupado com a ida daquela família para o Rio. Um amigo de Ferreira o encucou com a ilusão de que no Rio ele poderia ganhar muito dinheiro e melhorar a vida da família. Assim aconteceu a historia trágica de Jacinto e sua família.

Atenção voltada para Jacinto

Todo pensamento do tio Jesualdo se voltara agora para o sobrinho que amava como a um filho. Estava de férias a TV, o jornal, a música, abandonara tudo ao saber da situação do sobrinho. Naquela noite se perturbou com suas reminiscências da juventude que fora recheada de passeatas, greves contra a ditadura militar, ainda fora preso por duas vezes, viu muitos amigos torturados e mortos, logo após a decretação do AI-5 pelo então presidente Costa e Silva. Levantou várias vezes à noite, fez chá de hortelã e capim cidreira, bem adocicado, mas nada servira. Ao amanhecer, cochilou um pouco melhor e Rogério percebeu que o pai não estava bem.

— Papai, seus olhos estão vermelhos, garanto que não conseguiu dormir pensando em Jacinto — Rogério também queria bem ao pequeno.

— Não, meu filho. Sonhei com minha juventude, a miséria do mundo não era tão absurda quanto a de hoje. Naquela época nós estávamos sempre na rua defendendo os direitos humanos e éramos taxados de comunistas. Hoje a miséria cresceu estupidamente e ninguém sai às ruas para protestar e exigir mudanças, apenas grupos isolados sem apelo popular. A ditadura entorpeceu o povo, acho que "os americanos serão forçados pela sua ideologia selvagem a fabricar vírus em laboratórios para matar exclusivamente os favelados e toda sorte de miserável que existe no mundo". Claro que isso é a teoria da conspiração, mas isso passa na minha cabeça, na minha imaginação fértil, meu filho, isto é, encontrar outra solução para esconder o que o capitalismo vem fazendo com a humanidade. Contudo, acredito que o efeito entorpecedor da ditadura passará e o povo despertará. Tenho certeza disso meu filho.

– Papai, os americanos são capazes de fazer isso? – interrogou Rogério.

– Mais do que isso, meu filho. Lembra de Hiroshima e Nagasaki que foram arrasadas com bombas atômicas? Nas duas cidades japonesas morreram mais de setenta mil pessoas em poucos minutos. Mas a minha preocupação, Rogério, particularmente é com Jacinto, eu viajarei amanhã para o Rio de Janeiro e você fica. Dona Joana cuidará de você. Daqui para o final do mês eu volto. Aproveite as férias, não se esqueça dos livros que você deve ler. Às 11h devo ir ao Banco do Brasil. De lá passarei na Rodoviária para comprar a passagem se o dinheiro der. Se eu tivesse o dinheiro suficiente viajaria de avião. Vou procurar esse menino em tudo que for entidade filantrópica, Juizado de Menores, Febem, seja lá o que for. Eu tenho que encontrar

Jacinto. O Zé Ferreira não merece a mínima consideração, ele poderia pelo menos ter me telefonado, eu teria ido buscar o menino na mesma semana da morte do seu pai. E a imaginação fértil de Jacinto... Já pensou se ele pegou um vício qualquer de rua? Seria um cataclisma pessoal – elucidou o pai. Jesualdo passou a mão na cabeça de Rogério e a acariciou. – Você vai ganhar um irmão mais novo. Ele só tem sete anos, não é mesmo?

– Oba, paim!

– Ficou contente, hein!

– Tomara que Jacinto esteja pelo menos em um orfanato. O jornal chega e Jesualdo lê de "cabo a rabo".

A viagem

O jantar foi simples, Rodrigo pediu suco de acerola e Jacinto não perdeu uma:

– Dizem que esse suco de acerola vale vinte copos do suco de laranja.

– É verdade, todo brasileiro que tem quintal deveria plantar um pé de acerola e outro de limão, que por sua vez serve para curar mais de duzentos e cinquenta e oito doenças. Esse é um levantamento dos naturologistas – adiantou Rodrigo.

– Também o alho e a cebola produzem efeitos altamente positivos, principalmente contra tóxicos que a gente adquire todos os dias na alimentação, acho que vou ser naturalista. Não radical, mas equilibrado – salientou Jacinto.

– Você também tem essas tendências, seu danado, ainda vai conhecer muita coisa. A filosofia oriental é muito rica de esoterismo, espero que sirva como conhecimento e pratique aquilo que for conveniente e lógico. Entre os cinquenta e três livros que eu te dei existem uns quatro que mexem com esse assunto – acrescentou Rodrigo. – Sempre que eu encontrar um livro bom mandarei para você, dependendo da conveniência, é óbvio.

Agora as pessoas que tomavam conta de Jacinto lhe transmitiam confiança, formação, humanidade e socialização do mundo. Sua alegria de certa forma penumbrava a lacuna deixada pelos seus pais. O coração petrificado de Jacinto se abria aos poucos, evidentemente porque as pessoas lhe acolheram e a educação dos que o acolheram só permitia o crescimento do indivíduo. Jamais a opressão.

Das oito crianças, cinco foram mortas, duas encontraram um lar e o outro voltou para a família. No entanto, o saldo poderia ter sido mais terrível, pois Jacinto de certa forma foi uma luz no meio da escuridão (formação), salvou sua pele e a de mais duas companheiras de rua.

Umas 10h Jacinto sentiu sono, Rodrigo pegou um lençol, sua paternidade fluía naquele momento. Rodrigo já tinha vinte e seis anos, a amizade com o garoto cresceu muito naqueles últimos dias. Jacinto fascinava qualquer gênero de pessoa, imagine intelectuais.

– Jacinto, você me escreve quando eu voltar pro Rio, hein!

– Vou escrever sim, mandar cartão, não só pra você, mas também pra "minha mãe e pra minhas irmãs".

– Isso: sem discriminação – completou Rodrigo que afagava os seus cabelos e confessava. – Jacinto, você é uma das criaturas mais admiráveis que já conheci, eu quero um bem muito grande a você – deu um beijo no garoto e ele retribuiu o gesto com palavras. – Você é muito especial para mim. Vou sentir muita saudade.

Durante alguns segundos eles se abraçaram e o sono pesou nos olhos de Jacinto. Em seguida Rodrigo dormiu também. Pela primeira vez Rodrigo sentira o prazer de ser "pai". Apenas uma empatia real.

O dia amanheceu. Tomaram banho, lancharam em Vitória da Conquista. O ônibus passaria o dia para atravessar a Bahia, terra dos maiores nomes da literatura e da música popular brasileira. Jacinto estava sempre querendo a confirmação geográfica dos seus conhecimentos. Em todas as paradas interrogava os vendedores ambulantes e o motorista. A uma certa altura afirmou para Rodrigo:

– Aqui é Jequié, pelos meus cálculos, às 18h a gente passa em Feira de Santana, a maior cidade do interior da Bahia, à meia-noite em Petrolina e em Juazeiro do Norte umas 8h da manhã e 10h30 em Cajazeiras.

– Como fez esses cálculos? – interrogou Rodrigo.

– Pelo guia turístico!

– Ah, seu danado. "Amigo véi pra ocê tem jeito não" – Rodrigo lembrou da música de Luiz Gonzaga.

– Epa! Falar em Luiz Gonzaga nós passaremos no Exu por volta das 5h da manhã – salientou Jacinto.

O dia passou rapidamente, a estrada entre Feira de Santana e Juazeiro da Bahia estava em péssimas condições de tráfego e atrasou o ônibus. Os cálculos de Jacinto foram alterados em uma hora. Na ponte que atravessa o Rio São

Francisco, entre Juazeiro e Petrolina (terra de João Gilberto), Jacinto comentou:

– Aqui se produz a melhor uva do mundo, já pensou se houvesse uma política de irrigação para todo Nordeste e se aproveitasse uma parte dessa água? O Nordeste alimentaria o mundo.

– É verdade, Jacinto. O nordestino construiu o sul com suor e aqui ele construiria com suor e coração, não seria mais discriminado pelos sulistas, nem pelo neonazismo que surgiu em São Paulo perseguindo os nordestinos. Um exemplo é a Rádio Atual do José de Abreu perseguida por essa gente perversa. O nazismo é a mais terrível das ideologias criadas até hoje, discriminam o negro, o índio, o nordestino, a prostituta, o homossexual e os cristãos em geral.

– Nossa! E o protagonista do movimento foi Adolf Hitler.

– Exatamente – confirmou Rodrigo. – E na Itália surgiu outro movimento na época, sabia Jacinto?

– O fascismo protagonizado por Mussolini – respondeu Jacinto prontamente.

– Agora, falando em ideologia, em que ano o comunismo teve o seu apogeu?

– Em 1917, na Rússia, protagonizado por Lênin.

Em seguida o sono emudeceu os ânimos. Às 5h da manhã chegaram na terra do Rei do Baião. Demoraram uns dez minutos em Exu. O verde a partir de então faria parte do cenário até Mauriti, Ceará. No bairro São José, antigo Sítio São José, no topo da subida depois da divisa do Crato e Juazeiro do Norte, Jacinto percebeu a estátua do Padre Cícero.

– Olha lá o terceiro maior monumento do mundo.

– É mesmo, eu já vi muitas vezes pela televisão. Ah! Eu quero conhecer a sociologia desse lugar. Deve haver muito mistério em torno do Padre Cícero. Eu sei que alguns políticos manipulam o povo usando o nome do sacerdote. Deve ser interessante, a multidão que vem aqui todo ano, principalmente no dia dois de novembro, venerar o Padre Cícero. Eu quero conhecer essa romaria. Fica perto de Cajazeiras?

– Saindo da avenida Padre Cícero você pega a Avenida Leão Sampaio, são duas vias de asfalto até Barbalha, terra dos verdes canaviais.

O Cariri é uma região conhecida pelo Brasil afora através da música "O último pau de arara", é uma região exclusiva do Nordeste. Lá se encontra o Museu de Arqueologia e Paleontologia da América Latina, as mil e uma fontes que a Serra do Araripe dispõe. Da Chapada percebe-se o verde vale do Cariri. São pântanos, nascentes abundantes. Segundo os geólogos, se houvesse cinquenta anos de seca o oceano subterrâneo da Chapada do Araripe ainda resistiria. Mais uma vez a política local não desperta para tanto... Água tem sobrando, o que falta é vontade política. Em Barbalha o Balneário do Caldas é um dos pontos turísticos dessa região, muita gente faz tratamento de pele nessas águas, seus efeitos são semelhantes aos causados pelas águas do Jorro, ainda distrito de Tucano, Bahia. Enfim, a cultura caririense é uma das mais importantes do mundo pela sua originalidade.

Na expectativa de ver o tio, Jacinto começava a contagem regressiva das horas e cidades que passavam ainda até Cajazeiras. Na sequência ficava Missão Velha, Milagres, Barro, entrada de Aurora, onde o pai de Jacinto nasceu, Monte Alegre (povoado), Cachoeira dos Índios que já ficava na Paraíba, divisa com o Ceará. Cajazeiras era a próxima cidade tradicional. O padre Cícero fez ali os seus primeiros anos de estudo. Povo hospitaleiro, conversador e de uma certa forma mais consciente porque os meios de comunicações da Paraíba rasgavam o verbo e a verdade tendia a aparecer. Isso ajudava o povo a ser mais crítico e com uma visão mais ampla da realidade. Jacinto matava a saudade daquelas paisagens, lembrava quando tinha para o Rio de Janeiro com seus pais. O vento lhe apertava a alma, duas lacunas impreenchíveis, a do pai e a da mãe do garoto. Ao entrar na cidade, Rodrigo percebeu o estado arrefecido de Jacinto.

– O que você está sentindo, Jacinto?

– Papai e mamãe, eles não estão aqui, só o meu tio – respondeu Jacinto.

Uma depressão abalou o menino, porém ao chegar na Rodoviária, Jacinto ficou contente. Os olhos vibraram, embora estivesse mergulhado numa angústia: ele observava de um lado para o outro, não via o tio. Desceu do ônibus e pegaram a bagagem.

Encontro com o tio

Aquela manhã estava agradável, um pouco fria. Tio Jesualdo, depois do café, leu o jornal, ainda cochilou um pouco porque a noite fora perversa para os seus sentimentos. Deu uma volta no comércio. Passou na Gráfica Cajazeiras objetivando ver um material impresso e seguiu para a rodoviária, pois queria saber o preço da passagem para o Rio, o coração dava um salto e ele moderava...

– Não é possível – mas a curiosidade lhe atraiu e quando se aproximou do ônibus reconheceu o menino.

– É Jacinto, eu não acredito no que estou vendo – exclamou emocionado. – Jacinto!!! repetiu a dose – Jacinto!!! – disse com toda energia de sua alma.

Naquele momento Rodrigo apenas observou o espetáculo. Jacinto reconheceu a voz do tio, se voltou para frente do ônibus e viu o tio.

– Tio Jesualdo!!!

– Meu Jacinto!!!

O menino correu para os braços do tio que o abraçou com lágrimas nos olhos e o pequeno chorou, lembrando novamente de seus pais, da primeira, da segunda, da terceira tragédia e ao mesmo tempo viu o tio querido que agora o adotaria como filho.

– Meu filho. Meu Jacinto. Você é muito forte.

– Tio, além de papai e mamãe mataram meus amigos de rua.

– Depois você conta direito, calma. Cadê suas coisas? Você veio com quem?

– Com o Rodrigo, ele é sociólogo, foi a mãe dele, Dona Beatriz, que me acolheu depois da chacina.

– Muito prazer, Rodrigo. Antes de tudo seja bem-vindo à nossa cidade e à nossa casa.

– Obrigado, sr. Jesualdo!

– Chame-me de Jesualdo apenas, ok?

– Tudo bem – retrucou Rodrigo.

– Eu agradeço de corpo e alma, mente e coração o que sua mãe e você fizeram por esse menino.

– Que nada Jesualdo, essa criança me despertou uma atenção que nunca tive por ninguém, com exceção de minha mãe. Suas atitudes, seu grau de conhecimento me fascinou desde que o conheci.

– Obrigado, muito obrigado, agora fico mais tranquilo porque o seu psiquê não foi afetado – agradeceu Jesualdo.

– Não, de forma alguma, é um menino saudável, acredito que o seu carinho de tio e pai será importantíssimo na vida desse menino – afirmou Rodrigo.

– Agora você vai ser o meu pai – Jacinto levantou a cabeça. Tio Jesualdo o pegou nos braços e levou até o taxista.

– Seu Jesualdo, esse menino bonito é seu filho?

– Exato...

No táxi, Jacinto sentou no colo do tio e emudeceu um pouco, porém quando se aproximava de casa o espírito avivou-se. A casa de alpendre ficava quase fora da cidade, permitia Jesualdo viver a natureza.

Jacinto adorava aquele lugar, um terreno de quatro hectares, Jesualdo tinha comprado, dava para criar quatro vacas, um jerico, uma cabra e galinhas à vontade. Todos os dias tio Jesualdo tirava leite das vacas e depois entregava a seu Mané para que ele as alimentasse.

Rogério estudava pela tarde, às vezes ajudava seu Mané nos serviços mais leves, outras vezes ia mandado do pai. Tio Jesualdo, ao chegar, afirmou:

– A partir de então essa casa é sua e de Rogério, eu já queria bem a você como uma criatura especial e como sobrinho, agora você é meu filho, Jacinto, mas você pode chamar como quiser, de pai, de tio, de irmão, você vai escolher com naturalidade.

– Eu vou chamar de tudo isso que você disse – salientou Jacinto. – Quero continuar meu 4º ano.

– E a transferência, trouxe?

– Eu peguei no colégio que ele estudou, a secretária anotou só as notas do 1º bimestre desse ano, notas excelentes – respondeu Rodrigo.

– Logo que meu pai morreu fiquei na casa de tio Ferreira, mas ele de tanto falar que na casa aumentara mais uma boca acabei fugindo de casa com raiva. Desci o morro e fui pro Centro do Rio, não pude mais estudar. Na escola a gente ia fazer a semana cultural, mas não deu tempo, ainda conseguimos limpar a escola. Minha professora era ótima. Eu tinha um amigo chamado Jaime que me emprestava a revista "Sem Fronteiras" pra eu ler, porém ele foi para a Amazônia defender os índios e suas terras da perseguição dos latifundiários e multinacionais que estão destruindo a maior reserva ecológica do planeta.

– Bom, meu filho você vai continuar o 4º ano, aqui há uma escola próxima, com bons professores, só o diretor que é moralista, mas isso não é problema, acho natural que você esteja no 4º ano pela sua idade, contudo se pudesse colocá-lo em outro mais adiantado colocaria. Na minha visão você estaria fazendo do 6º ano pra lá.

– Eu também penso o mesmo, Jesualdo, esse menino tem capacidade de argumentar e contra-argumentar com qualquer indivíduo que faça o Ensino Médio, seu conhecimento é vasto e não é qualquer pessoa que acompanha – acrescentou Rodrigo.

– Bom, depois vocês me contam todos os detalhes, agora tomem um banho que Dona Joana vai preparar um almoço pra gente e com galinha caipira.

Naquela tarde Jacinto narrou toda história e trajetória marcada com sangue de inocentes. Em seguida, Rodrigo completou fazendo sempre elogios à atuação do menino, do seu lado humano, afetivo e intelectual.

Rogério almoçou cedo e saiu para casa de um amigo, estava aprendendo a tocar violão e aos poucos aprendia algumas músicas de Caetano: "Cajuína", "Queixa", "Beleza Pura" etc. Jesualdo dava apoio necessário para o seu crescimento musical.

Depois da aula, ficou assistindo filmes e desenhos animados da turma da Mônica. Rogério jamais imaginava que Jacinto tivesse chegado. No alpendre confabulava Jesualdo, Rodrigo e Jacinto. Ambiente aprazível projetado por Jesualdo. Ele colecionava plantas medicinais em seu terreno e na frente da casa havia um jardim com variados tipos de flores que exalavam um cheiro gostoso. Uma surpresa para Rogério. Agora um amigo especial faria parte da sua vida. Jacinto, que estaria completando oito anos, no dia vinte e oito de setembro, reconheceu o primo e exclamou:

– É, Rogério, tio!

– É, ele está aprendendo violão, acho que vocês vão se dar muito bem, eu sei que você gosta de cantar – considerou Jesualdo.

– Que bom, que legal – enfatizou Jacinto.

Rogério quando viu o primo, sentiu uma alegria natural de criança.

– Nossa! Como você cresceu, Jacinto!

– Você também, Rogério – os dois apertaram as mãos e se abraçaram.

– Você tá aprendendo violão e eu vou cantar com você – se entusiasmou Jacinto.

– Você sabe cantar alguma música, Jacinto?

– Sei sim! Na casa de Jaime, um colega meu, aprendi músicas do Caetano e Chico Buarque. Músicas que o tio gosta.

– Eu ainda gosto desses autores, Jacinto – salientou Jesualdo.

A partir de então, Jacinto ganhou um irmão e um amigo que atravessariam juntos a infância e a adolescência. De todas as traquinagens possíveis os dois seriam confidentes um do outro. O fator em crescimento constante não deixaria de ser o intelectual e, junto a esse, o HUMANO. Quando Jacinto viajara para o Rio tio Jesualdo não tinha aquele terreno todo, há seis meses que ele possuía os quatro hectares de terra e coincidentemente conseguira no fundo de sua chácara por um preço razoável. Jesualdo recebera uma herança e empregara o dinheiro.

– Jacinto, vamos conhecer o nosso terreno, tem um açude lá no final, e lá a gente toma banho – convidou Rogério.

– Que legal! Um açude. Tem peixes?

– Tem! – afirmou Rogério.

– Vocês ainda vão para o açude hoje? – quis saber Jesualdo.

– Oh! Nós tomaremos banho rápido – adiantou Jacinto.

– Não é por nada, é porque eu estou pensando em realizar uma pescaria no açude na próxima sexta-feira, aproveitando a estadia de Rodrigo aqui. Ele deve experimentar as coisas boas do Nordeste, o peixe da água doce, tomar banho de açude, água pura cristalina, sem poluição nenhuma – clareou Jesualdo. – Você sabe nadar, Rodrigo? – interrogou Jesualdo.

– Eu sei, mas nunca nadei em açude, deve ser interessante – enfatizou o hóspede.

– Pois amanhã a gente vai lá e sexta-feira realizaremos uma pescaria. Combinado?

– Combinados – todos responderam.

Os dois garotos saíram em direção ao açude. Jacinto, ansioso, não conseguia se conter com tantas coisas boas para viver. Só agora, depois de oito crianças, a oportunidade, a vida, o crescimento sobrara pra Jacinto e em parte para Cristina e Zú. Se ele pudesse ressuscitar pai e mãe daria tudo, mas a morte não deixa endereço.

Após a chácara, que Jacinto já conhecia, começava o terreno. O gado, seu Mané comandava se direcionando ao curral, a cabra ele não esquecia, só o jerico ficara na roça. Manso e manhoso, o jegue, Jesualdo comprou a pedido do filho.

– Olhe lá meu jumento, papai comprou pra mim e agora é nosso – Rogério falava assim "nosso" porque o pai o ensinara a ser modesto e humilde.

O menino não tinha ciúme ou egoísmo. O pai gostava de andar nos bairros periféricos da cidade, não queria que o filho pegasse manias de burguês ou de mauricinho.

– Rogério, o que eu tenho é nosso, agora eu ganhei cinquenta e três livros de Rodrigo com assuntos diversificados – afirmou Jacinto.

– Então vamos montar – convidou Rogério.

– Ele é manso? – interrogou Jacinto tremendo de medo.

– É sim!

– É que nunca andei de jumento.

– Então vou guiando devagar, não se preocupe.

Rogério fez um cabresto de salsa, conteve o jerico, Jacinto aprendeu a desafiar o mundo, sabia passar por cima do medo e logo se acostumou a andar de jumento. O açude servia para três proprietários daquela área, mas a melhor parte coube ao tio Jesualdo.

– Nossa! Eu não conhecia esse açude, admirou-se Jacinto. Eu aprendi a nadar num açudinho que tem no terreno que meu tio arrendava para criar suas vacas. Agora meu tio tem de verdade um açudão – enfatizou Jacinto.

Na verdade Jesualdo criava suas vacas em terreno dos outros. Ele sempre gostou da terra, por sorte conseguiu aquele terreno rico em água e favorável à produção agrícola. Com a alma de ecologista, começara a arborizar as terras, mormente em suas fronteiras e seu projeto futuro seria irrigar, cavando poços e simultaneamente usando água do açude que cobria uma área de três quilômetros. Jacinto caiu na água e nadou bem, Rogério observava o primo que fazia piruetas nadando de várias formas.

– Pensava que tinha desaprendido no Rio de Janeiro – disse Rogério.

O filho de Jesualdo entrou na água montado no jumento, se equilibrou e ficou em pé em cima do animal por alguns segundos, depois pulou. Jacinto tentou fazer o mesmo e quase conseguiu. Alguns amigos de Rogério, Kaká, Lindomar, Neto, Roberto, João Bosco, Maninho, Iranilton e Zé Pirunga chegaram para tomar banho e foi aquela festa, cada um que queria mostrar ao outro um fôlego resistente.

No meio da parede do açude existiam algumas árvores que a garotada usava para pular. Jacinto era o único desconhecido no meio deles, mas das apostas para ver quem tinha maior fôlego, Rogério se destacou, Jacinto ficou no último lugar. Estava sem pico. Os colegas fizeram gozação dele, mas não se entristeceu.

– Teu primo é mole – disse Maninho.

– Ele não está acostumado, faz uns dois anos que ele nadou, chegou do Rio de Janeiro hoje – defendeu Rogério.

Acalmaram o bico. Naquela terça-feira, recheada de emoções para todos os momentos, Jacinto e Jesualdo foram dormir à meia-noite. Rogério tocou violão e Jacinto cantou recebendo aplausos de seus parentes queridos.

O quarto de Rogério agora seria dividido entre ele e Jacinto. Os livros ficariam na biblioteca de Jesualdo num lugar à parte, Jesualdo agora assumia a maternidade e paternidade do menino.

– Jacinto, quer dormir de cama ou de rede?

– Tio, quem sou eu pra escolher se quero cama ou rede!

– Meu filho essa casa é sua e do Rogério, só tenho vocês na minha vida, o mais importante é que meu garoto está são e salvo. Eu quero um bem enorme a você, Jacinto, venha dar um abraço no tio antes de dormir.

Aquelas palavras pesaram na alma de Jacinto e ele correu para os braços do seu tio, um abraço que apertou a alma do seu novo pai, os dois se desmancharam em lágrimas e abraços.

– Amanhã nós vamos à escola arranjar uma vaga pra você – finalizou tio Jesualdo.

Os dois pequenos comentaram ainda o episódio da tarde e em seguida caíram no sono. No dia seguinte Jesualdo estava na Escola Monsenhor Vicente Bezerra onde Rogério estudava e consegui uma vaga no 4º ano. Rogério cursava o 5º ano, colégio do estado, nível razoável, professores bons, mas o diretor era tradicional com uma ótica menor do que seus próprios alunos. Jacinto ficou contente porque a secretária falou que se ele acompanhasse o nível do segundo semestre suas notas seriam recuperadas, no caso, o segundo bimestre.

Antes da pescaria Jesualdo comprou algumas bebidas regionais para Rodrigo experimentar com peixe fresco assado, à beira de açude. Ele só conhecia Ypióca, Caranguejo e Colonial etc. Nunca tinha visto.

O professor possuía uma coleção de bebidas regionais. Prevenindo a anfitriã da festa tipicamente nordestina, Jesualdo possuía galão (rede de pescar), tarrafa e landuá. Para a pesca foram convidados, além do sr. Mané, trabalhadores rurais vizinhos. O peixe fresco assado com um pouco de sal, cheiro verde, tomate e farinha foi o prato do dia. Pela manhã, pegaram poucos peixes, entretanto cada um representava uma festa. A cachaça animou aqueles homens, Rogério tocou algumas músicas de Luiz Gonzaga e alegrou intensamente a turma.

À tarde o saldo deu positivo, pois a rede de cem metros capturava bastante peixe. Jacinto nunca assistira tal espetáculo. Rogério arranjou cabaças e as amarrou, unindo-as e entregou para Jacinto que nadou, nadou sustentado pelas cabaças.

No meio do açude sentia uma alegria muito grande e agradecia ao Criador por aqueles momentos de prazer. Lembrou mais uma vez dos pais, chorou sozinho e suas lágrimas se misturavam com as águas cristalinas do açude. Teve medo porque pensou em tubarões.

– Ah! Em açude não tem tubarão, mas tem piranha.

Sentadinho no meio das cabaças pensava no futuro. Queria que o mundo fosse sereno como aquele açude, puro como suas águas, sem maldade como o sr. Mané que apenas queria ser feliz com sua mulher, aprazível como aquela brisa que alvoroçava seus cabelos, prazeroso como o sol, gostoso como peixe fresco assado ali mesmo, formidável como Rodrigo, generoso como o seu tio (nesse momento o pequeno poeta sente um êxtase de alegria quando pensa em Jesualdo).

Rogério ficara nas margens do açude aprendendo a pescar com a tarrafa e não percebeu que Jacinto se afastara para refletir. Tio Jesualdo, empolgado com a pescaria e com os amigos, não percebera o afastamento de Jacinto e se perturbou com sua ausência.

– Cadê Jacinto? Jacintooo!

– Ah! Está com as crianças lá no meio do açude. Ele sabe nadar muito bem – acalmou sr. Mané.

Mesmo assim Jesualdo ficou preocupado, seu coração balançava como de qualquer pai. Rodrigo nunca participara de uma festa pitoresca à beira de um açude, jamais imaginara que no Nordeste existia um tipo de lazer como aquele, embora hoje, poucos nordestinos tenham direito ou acesso a essa diversão, pois depois que construíram os açudes muitos proprietários expulsaram os posseiros de suas terras para criar gado.

Os açudes hoje são dos filhinhos de "papai". O interessante é que o dinheiro que construiu os açudes na época da ditadura saiu dos cofres públicos. No entanto continuam como propriedades privadas. São poucos que servem para o pobre como o de Jesualdo e seus vizinhos. Alguns proprietários deixam os pobres usarem com restrições.

O sociólogo confabulava com o tio Jesualdo sobre as carências de uma política de irrigação para o Nordeste. Sr. Mané descamava os peixes. Rodrigo queria aprender, mas cortou o polegar esquerdo, sangrou por alguns minutos depois cessou. No final da festa dividiram os peixes e todos ficaram satisfeitos.

As aulas recomeçam

Aqueles dias foram inesquecíveis para Rodrigo. A hospitalidade, a alegria, o clima festivo e a cultura nordestina mexeram com a alma de Rodrigo que era apaixonado pela região. A exuberância do estado de espírito de Elba Ramalho ou cheio de contentamentos, mesmo passando por grandes dificuldades que a seca causava. Para o sociólogo, o nordestino não morria de tédio tão fácil. O pandeiro, a sanfona, o triângulo e o zabumba faziam aquela gente sacudir a tristeza para longe, toda essa musicalidade nordestina, do xaxado, do xote, do baião e dos maracatus, a música de raiz, de pé de serra, só encontramos nesse Nordeste lindo.

A Bahia, a alegria do mundo, bastava ver a banda Olodum... A criançada crescia nesse clima. A poesia era um aspecto natural, forma de expressão desse povo, a rima estava nas veias. Patativa do Assaré não era o único, era apenas um dos grandes... O cômico era a prioridade nas suas estrelinhas.

Rodrigo se despediu de todos e disse que voltaria com sua mãe Beatriz. Visitou a terra do padre Cícero, Juazeiro do Norte, segunda maior cidade do Ceará que no dia dois de novembro de todos os anos recebia um número de visitantes duas vezes maior do que o número de seus habitantes.

Rodrigo não presenciou tal festa, mas ficou impressionado com a romaria do lugar. Um outro fato interessante observado pelo sociólogo foi a criatividade do juazeirense, entretanto a política local não valorizava o fator cultural. A sabedoria riquíssima, um legado do padre Cícero que ensinou ao povo a valorizar a medicina natural, a viver do artesanato, a plantar na Chapada do Araripe sem destruir o meio ambiente.

Em Juazeiro Rodrigo se hospedou no bairro dos franciscanos na casa de um amigo. Comprou dois livros relacionados ao padre Cícero, visitou a estátua, o museu, o Memorial padre Cícero e disse que escreveria sobre a sombra do carisma do padre. Retornou ao Rio de Janeiro depois de visitar Campina Grande, João Pessoa e Juazeiro do Norte.

O tempo bom chegara para Jacinto, embora no Nordeste a realidade fosse outra, por um ângulo vivida e por outro lado mais envolvente, isto é, os alunos eram empolgados, o senso de humor fazia parte de qualquer empreendimento dessa gente. Jacinto teria que enfrentar um diretor tradicional que nunca fora eleito pelos alunos e sim nomeado pelo governo do Estado através de políticos profissionais e crescer juntamente com os colegas, conquistando, logo no início, a professora Helenita, concursada, portanto independente da política do diretor.

No primeiro dia de aula Jacinto já se destacou nas argumentações e respostas coerentes. Helenita percebeu que estava diante de um aluno com conhecimentos avantajados. A simpatia de Jacinto com suas atitudes e conclusões de realidades mereceu reconhecimento da professora como um caso específico.

– Quer dizer que você é sobrinho de Jesualdo?

– Sim, professora! – respondeu Jacinto.

– O seu tio faz um trabalho muito bom na escola onde trabalha.

– É, ele acha que o fator cultural diminui a evasão escolar. O lazer, a música, a arte plástica, feira de ciências etc. Dar chance ao aluno de crescer integralmente desenvolvendo suas potencialidades.

– Você é um menino genioso, Jacinto!

– Sou nada, professora, apenas desenvolvi o meu potencial.

– É modéstia, Jacinto – enfatizou Helenita. – Bom, seu tio me falou de suas aventuras e desenvolturas no Rio de Janeiro, aqui é diferente, o nosso diretor é inflexível, porém eu sou independente na minha classe – esclareceu Helenita.

Enquanto a professora mostrava sua flexibilidade em termos de trabalho ou participação do aluno nos movimentos da escola, Jacinto já maquinava uma ideia: o texto que seria lido por um grupo de alunos na semana seguinte poderia ser dramatizado por esse mesmo grupo e – por que não? – por toda classe, com textos diferentes, curtos e objetivos.

– Professora, por que não criar um cenário aqui na classe e fazer uma dramatização em cima deste texto extraído do livro "Meu pé de Laranja Lima" já que o assunto da página 68 tem relação com o "Menino e o Mundo", o texto do livro a ser estudado na próxima semana?

– Jacinto, sua ideia é plausível, isto é, merece crédito necessário para sua concretização. Pessoal, o que vocês acham da ideia do Jacinto, de dramatizar o texto da página 68 e usar outros textos com o mesmo objetivo?

– Ah! Eu acho interessante – reconheceu Pedro, o líder da classe.

– Ah! Não, eu acho chato fazer teatro, eu gosto é de cantar – reclamou Marta.

– Uh! Então você canta uma música em outro grupo – democratizou Jacinto.

– E vai ter grupos de cantores, Jacinto? – interessou-se Helenita.

– Paralelamente um grupo pode dramatizar e outro cantar, eu acho que o importante é se desinibir, criar. O aluno deve ser um indivíduo natural para falar no meio de um grupo, de uma classe ou de uma multidão, a timidez confina o crescimento do estudante em muitos casos.

– Eu vejo assim: cada um deve se expressar conforme sua tendência artística – completou a professora e acrescentou. – Então, Jacinto, venha aqui para a frente e dê sua sugestão para a estrutura do trabalho que queremos desenvolver.

O menino não perdeu tempo e aproveitou:

– Bom, gente, quem quiser cantar se junte aqui com a Marta, o que for dramatizar a peça da página 68 se aproxime de Pedro. A peça do "Meu pé de Laranja Lima" eu posso coordenar se a professora permitir.

– Muito bem, Jacinto, mas ainda restam oito crianças – se inquietou a professora.

– Elas podem fazer outras coisas como inventar um jornalzinho com as notícias da escola, para expor no mural, podem até recitar uns poemas de Vinícius de Moraes.

– Alguém da classe quer expor uma outra ideia?

– Eu, professora! A gente pode fazer uma brincadeira com toda classe? – interrogou Aurilene.

– Claro que pode, juntamente com Adriana e Vânia que gostam dessas coisas, podem trabalhar com a dinâmica que vocês quiserem, ok?

Helenita era flexível, aprendeu muita coisa no seu curso, mas por causa do cansaço do dia por trabalhar em duas escolas não encontrava tempo para pensar no lado humano e social da criança...

– Todos devem participar de um grupo, agora vamos estruturar tudo. Precisamos dar mais tempo, quinze dias para a apresentação do trabalho. O importante é que haja desenvolvimento integral de vocês, cada um deve fazer o que gosta – finalizou a professora.

Dia da apresentação

Os ensaios se realizaram fora do colégio, na garagem do pai de Pedro, os cantores ensaiaram com Rogério na casa do tio Jesualdo que reservava uma área de lazer para a comunidade. O diretor da escola não sabia que naquele mês de agosto o paradigma da rotina seria quebrado com os alunos do 4º ano. O som do violão chamou a atenção do diretor que ficou irritado.

– Eu não quero esse barulho aqui, violão e até zabumba, quem já viu uma coisa dessas?

– É um trabalho que vamos apresentar para a classe, sr. Deoclécio – adiantou Jacinto.

– As normas da escola não permitem esse tipo de barulho, de bagunça, porque atrapalha as outras salas. Guardem esses instrumentos senão eu mando o guarda pegar de vocês.

Naquele momento a professora vinha chegando e enfatizou:

– Pois não vai não, o colégio o senhor dirige e essa classe eu oriento, cada macaco no seu galho, sr. Diretor, e por outro lado mais duas classes vão assistir às nossas apresentações, no caso as salas do final do colégio não terão problema com o barulho que acontecer nessa sala.

– Mas a senhora quer fazer é um samba na escola com esse tipo de instrumento de percussão.

– Não, sr. Deoclécio. O 4º ano está fazendo um trabalho que inclui teatro, música e um jornalzinho dos próprios alunos – esclareceu Jacinto.

– Além da macumba que vocês vão fazer na classe, teatro e jornalzinho, são dois adicionais perigosos, daqui a pouco vocês vão fundar um grêmio também – disse o diretor nervoso.

– O senhor só vê os fatos de acordo com a sua ideologia que sustenta o poder. O desenvolvimento intelectual, social e humano do aluno o senhor como diretor da escola deveria apoiar e não vê com bons olhos – argumentou a professora.

– Está absolutamente equivocada, minha filha, eu vejo isso como uma anarquia, a hierarquia é necessária existir senão tudo se transformaria em bagunça, vandalismo e falta de respeito. É por isso que a moral desse país vive capengando – elucidou o diretor.

– Acho que estou no lugar errado, senhor diretor, eu penso completamente diferente do senhor, assim não dá pra discutir – salientou a professora.

Com essa o diretor percebeu que perdeu a parada e saiu bufando de raiva para a diretoria. A professora acomodou o material didático numa carteira e ponderou:

– Bem, vamos acalmar os ânimos.

– Como professora, se o diretor quer vetar o nosso trabalho? – protestou Jacinto.

– É o seguinte: nós vamos fazer o trabalho "dê no que der, eu estou aqui pro que der e vier" – enfatizou a professora que foi aplaudida por todos os alunos.

– Com o zabumba e tudo professora? – interpelou Pedro.

– E por que não? Se a gente não quebra o gelo essa escola vai continuar sem vida, sem desenvolvimento humano. Nós temos que enfrentar o diretor com um relacionamento interpessoal que ele ainda possui, que é a 6ª Inteligência e sua hostilidade vai baixar, isto é, vai permitir mesmo de forma artificial. Nós estamos fazendo tudo com boa intenção – enfatizou a professora Helenita.

Os grupos se organizaram e se apresentaram. Jacinto se destacou no seu grupo de teatro e ainda deu uma canja cantando "O último pau de arara". A turma aplaudiu e todos notaram em Jacinto uma figurinha excêntrica, no entanto ele jamais concordou. A modéstia era sua grande virtude.

Na reunião com os professores o diretor repreendeu mais uma vez Helenita e ela respondeu à altura. Os colegas a aplaudiram e gostaram do jornalzinho e disseram que adoraram quando Jacinto se apresentou com Rogério. Planejaram o Dia das Crianças com uma programação rica em cultura.

O diretor se esquivou dizendo que não participaria dessa programação, porém os professores não deram importância à ótica medíocre do diretor e arregaçaram as mangas e iniciaram a luta por prazer, objetivando fazer o Dia das Crianças a data mais bonita do ano com arte e poesia dos próprios alunos.

As dondoquices e o autoritarismo do diretor não foram entraves para a realização daquela programação. Mas antes do dia doze de outubro Jacinto idealizou outro movimento. A escola precisava de uma reforma e a experiência que o moleque tivera no Rio de Janeiro queria repetir na Paraíba. Bom, a essa altura do campeonato, Helenita afeiçoou-se a Jacinto, embora o tratasse na sala com imparcialidade. À noite o moleque visitava a professora juntamente com Rogério. Esse dado provocava o crescimento de ambos favorecendo a humanização do 4º ano do Ensino Fundamental.

– Professora, vamos reformar nossa escola!

– Como Jacinto? – interpelou a professora.

O menino descreveu o que aconteceu no Rio de Janeiro e a professora acatou as sugestões com muito carinho.

– É, Jacinto, isso é possível, não depende só da gente, vamos falar com a direção da escola, funcionários e professores.

– A senhora vai perceber uma coisa, os acomodados não nos ajudarão porque nós vamos fazer isso dia de sábado – afirmou Jacinto.

Numa segunda-feira de setembro daquele ano Helenita conversou com o diretor, mas ele resistiu à proposta da
professora.

– Eu vou conseguir o material e a mão-de-obra e não
quero aluno sujando essa escola, já pensou como ficaria
com o serviço mal feito? – diagnosticou o diretor.

– Mas nós estamos querendo já para o Dia das Crianças
quando os pais virão prestigiá-las.

– Não se preocupe, minha filha, daqui para o dia vinte e
cinco eu conseguirei fazer esse trabalho.

O diretor tinha que perder a direção, já tinha ouvido
dizer que no Pernambuco os alunos é que elegiam o diretor. Procurou junto ao comércio de construção o material,
mas até o dia vinte não conseguira concretizar seu objetivo. No dia vinte e cinco Helenita procurou o diretor e não
o encontrou. No dia seguinte a secretária se encapuzou de
porta-voz.

– O diretor viajou para João Pessoa com o objetivo de
resolver alguns problemas de ordem burocrática da escola.

– E a reforma da escola? Ele garantiu que no dia vinte e
cinco a escola estaria reformada completamente para a festa do dia doze de outubro – cobrou a professora.

– Ah! O sr. Diretor não conseguiu o material e nem a
mão-de-obra, disse que ninguém aceitou a sua proposta. Os proprietários das casas de material de construção
disseram que o colégio do Estado quem toma conta é o
governo.

Helenita não se adiantou na conversa com a secretária. Reuniu-se com os alunos. Jacinto coordenou uma equipe, Pedro outra. No intervalo a professora pediu cinco minutos aos professores para fazer suas colocações sobre o acontecido e conseguiu apoio até dos professores do Ensino Médio.

Em seguida marcou uma reunião com todos os líderes de classe na sua casa à noite. Só dois professores que eram ligados ao Deoclécio, porque pensavam com a mesma ótica do diretor, não aderiram ao trabalho em conjunto. Alguns alunos do Ensino Médio e do 9º ano se prontificaram a fazer os ofícios para o comércio local. A secretária queria obstruir o movimento não entregando o papel timbrado a Helenita, mas a presença de mais de trinta alunos e de alguns professores na porta da secretária, deixou-a sem saída e ela acabou por entregar mais de noventa papéis timbrados com envelopes para a professora.

Depois das reuniões para formulação da teoria partiram para a prática. Um sucesso total. Os jovens e as crianças conseguiram todo material e a mão-de-obra surgiu no meio dos próprios alunos e seus pais. Dos vinte funcionários da escola apenas cinco deles aderiram a reforma.

No sábado seguinte os alunos e professores se organizaram de tal forma que às 16h o estabelecimento educacional estava "uma senhora escola" como diz no Nordeste.

– Foi, gente. O que projetamos e lutamos para que acontecesse aconteceu. Nós temos tudo, quando unimos forças e identificamos a tendência de cada um. Eu queria

chamar aqui o idealizador desse trabalho lindo que reali-
zamos hoje. Um menino com apenas oito anos, ele faz o 4º
ano comigo, Jacinto.

Nesse momento Jacinto subiu no birô e alguns se emocionaram com tanto aplauso.

– Jacinto, nós queremos ouvir sua palavra – falou um líder do Ensino Médio, Arnaldo Gomes.

– Bom, pessoal tem pessoas aqui mais importantes do
que eu pra falar, mas já que me incumbiram vou falar o
que tenho vontade.

Entre aplausos e vivas, Jacinto ponderou e conteve a excitação dos estudantes com a mão.

– Olha, eu acho que a escola deveria ter seu grêmio, a
principal representação estudantil de um colégio desse
porte. Aqui tem gente capacitada tanto no Ensino Fundamental como no Ensino Médio. Outra coisa é a criação de
um jornalzinho na escola, além da realização da Semana
de Ciências e Semana Cultural durante o ano letivo. Todo
mês a realização de shows com os próprios alunos, marato-
nas, dias de lazer etc. Isso tudo ajuda no crescimento social,
esportivo, cultural e expressivo do aluno e acaba a evasão
escolar – finalizou Jacinto.

Os professores do Ensino Médio foram os primeiros a
aplaudir as ideias do pequeno. Nascia ali o ideal de muitos
pedagogos desse país. Um fato isolado que repercutiu na-
cionalmente.

A perseguição do diretor se inflamou diante dos elogios
que eram direcionados a Helenita, a Jacinto e a todos que

participaram do movimento, ele ameaçou expulsar Jacinto e se fechou para Helenita. A antipatia do diretor pelos articuladores da reforma em seus discursos perdia espaço e até os coniventes de antigamente aderiam à liderança de Helenita.

Já a simpatia por Jacinto partia tanto dos professores como de funcionários e colegas. Rogério fazia parte da equipe geral que participava Helenita e os professores. E cada um desses coordenava uma equipe de trabalho especificamente. Jacinto e Rogério participavam da equipe de música que cresceu estupidamente com a expansão dos trabalhos, ou seja, já somavam mais de vinte e cinco alunos. Em pouco tempo a escola possuía uma banda musical onde cada um desempenhava seu papel, fosse como guitarrista, percussionista, cantor, compositor ou técnico.

No Dia das Crianças o diretor se refugiou em casa e não quis aparecer. A participação do professor Jesualdo, dos pais dos alunos e a presença dos estudantes avolumou o medo do diretor que não apoiou o crescimento integral do aluno.

O jornalzinho saiu dia doze apenas com quatro páginas, mas o suficiente para formar e informar o aluno sobre todos os acontecimentos presentes e futuros da escola. No final da edição um pensamento de Jacinto se fixou na cabeça do diretor. "Quem não se comunica só se complica". O jornal fora patrocinado por todas as casas de material de construção de Cajazeiras.

No final os alunos fizeram uma festa, tocando e cantando músicas de Luiz Gonzaga e de pé de serra. Todos adoraram e caíram na dança, Jacinto cantou "Frevo Mulher" de Zé Ramalho e outras de Pepeu Gomes, Moraes Moreira, Elba Ramalho e Fagner. Um dia inesquecível que jamais aquela escola viu acontecer.

Jesualdo e Helenita se emocionaram ao ver o trabalho dos alunos em conjunto. Alguns do Ensino Médio criaram a banda juntamente com Rogério, na percussão apenas um zabumba, um tambor (surdo), um chocalho e um pandeiro. Um deles sabia tocar sanfona e completou o conjunto que ensaiaram durante uma semana. Um sucesso daquele teria que se repetir no aniversário da escola, na Semana Cultural, Semana de Ciências e na confraternização dos alunos.

Jacinto agora se sentia um ser humano. A lembrança de pai e mãe jamais se apagaria da memória, embora Jesualdo penumbrasse esse ângulo. Jacinto cresceu se humanizando a cada dia, aperfeiçoando-se musicalmente e fazendo seus trabalhos e seus movimentos. O diretor recebera um conselho de um colega dele em João Pessoa.

– Leia Paulo Freire e Frei Beto, no mínimo.

As férias serviram de reflexão para Deoclécio que mudou de ideia logo no ano seguinte. A escola serviu de exemplo para todo o país, ganhou nome. O grêmio estudantil fora criado. O calendário da escola se ampliou com dias de lazer. O jornalzinho já era editado mensalmente com o apoio do comércio da cidade. A crítica conscientizadora ajudava no crescimento de alunos, professores e funcionários.

A programação cultural dava ânimo aos alunos e a evasão escolar baixaria de 47% para 2%. O diretor foi ganhando simpatia e participando dos movimentos. A confraternização de todos gerava uma emoção diante dos fatos. Um hectare de terra da escola foi usado para uma horta comunitária, alguns pais de alunos cavaram um poço profundo e irrigaram a área plantada, a alimentação da instituição se tornara mais rica. Os próprios alunos cuidavam da horta orientados pelos professores, cada semana uma classe tomava conta e assim faziam o rodízio.

A prática da verdadeira pedagogia se realizara naquela escola, a unidade – virtude fundamental de uma comunidade – incrementava o ânimo. As práticas inovadoras foram se multiplicando cotidianamente. Uma luz no fundo do túnel, Jacinto jamais seria esquecido e até o diretor reconheceu o pequeno grande.

Dois anos depois aconteceu a primeira eleição: diretas para o diretor. A luta dos estudantes foi reconhecida como legal. Jacinto já cursava o 6º ano e Helenita fora eleita diretora. Deoclécio ficara como professor, porém crescia humanamente, comprava bons livros e participava de seminários com temas relacionados à educação. Incrível como o ser humano sofre mutações com o tempo.